あの日、あの曲、あの人は

小竹正人

幻冬舎文庫

あの日、あの曲、あの人は

Contents

はじめに……

たくさんの手紙をいただく。

「小竹さんの書いたあの詞が大好きです」

「あの曲の歌詞が私の人生を変えました」

と、かなり嬉しくもおこがましい気持ちになってしまう内容のものもあるのだが、最近ものすごく多いのが、

「どうすれば作詞家になれますか？」

「弟子にしてくれませんか？」

この二つ。男女問わず、その質問と共に自作の詞を同封してくる方も少なからずいる。作詞家という職業に憧れ、作詞を生業《なりわい》としたい人が本当に驚くほどいることに気づく。作詞家になることが狭き門だということを改めて思い知らされる。

さて、この二つの質問に、私はいつも困ってしまうのである。なぜなら、どう

やったら作詞家になれるのか私自身あまりよくわかっていないし、私は、弟子を持つほど人格者でも偉くもないからだ。

私が作詞家になったきっかけは、遡《さかのぼ》ること二十年以上前。

当時、アメリカの大学に通っていた十代の私は、夏の休暇を利用して日本に帰国していた。そのときにひょんなことから某レコード会社のディレクターの方と知り合い、ひょんなことから、とある楽曲を聴かされ、

「この曲のサビの部分、ここを英語の歌詞にしたいんだけど、ちょっと書いてみてくれない？」

と、唐突《とうとつ》に頼まれ、その曲のサビ部分の前後の日本語詞の意味を踏まえながら、なんとなく英語の歌詞を書いてみたのである。それがまんまと採用になり、それ以降、アメリカに戻ってからもそのディレクターからしばしば英語のフレーズを頼まれ書いていた。それはもう、アルバイト感覚にもならないような、「ちょっとした遊び感覚の作詞の手伝い」であった。私はあくまでも、「アメリカの大学の留学生」でしかなかった。

アメリカ暮らしに慣れてからはいろんな、作詞とはかけ離れているアルバイトをして、そのすべてがとても楽しかった。作詞家になろうなどとはこれっぽっちも思っておらず、できることなら日本には帰らずこのままアメリカで就職して永住したいと思っていた。気がつけばアメリカで暮らしてから八年が経っていた。

それが、家庭の事情から日本に帰ることになり、しばらくはふらふらと暮らしていた。当時の日本は現在のように、英語を話せる人がそこら中にいるインターナショナルな環境ではなかったので、簡単な通訳とか翻訳の需要がたくさんあった。それをやりながら、相変わらず頼まれていた英語の歌詞を書いたり、日本語の歌詞の一部分だけを英語に直すこともやり、「いつかアメリカに戻って、アメリカで暮らしたい」などと夢見ていた。

ある日、件《くだん》のディレクターから、

「あのさ、日本語と英語を両方使って、一曲丸々と作詞してくれない?」

とオファーされ、日本語と英語の割合が半々くらいの歌詞を書いた。それを書

き上げると今度は、
「もしかしてさ、英語を全く使わずに日本語だけで作詞もできる?」
と聞かれ、その頃には、メロディーに言葉を当てはめることにすっかり慣れていたので何の躊躇《ちゅうちょ》もなく引き受けた。そう、昭和の時代の作詞に関しては定かではないが、昨今は、曲が先にできあがって、それに歌詞をつけるのが一般的である。

私が作詞家と名乗るようになってから詞先《しせん》(先に詞を書いて、それにメロディーをつける)で歌詞を書いたのは、EXILEに書かせていただいた『Bloom』とFlowerの『Virgin Snow ～初心《はつごころ》～』だけである。

そうこうしているうちに、何曲かの歌詞を書くようになった。当時は自分の武器でもあった英語を多用していた。今ではすっかり退化してしまった英語力も、その頃はまだまだ健在だった。

そして、もともと友人であった小泉今日子《こいずみきょうこ》さんや中山美穂《なかやまみほ》さんの歌詞やファンクラブ会報のコラムやエッセイを書かせていただくようになり、運が良いことにそれからも途切れることなく歌詞や文章の依頼があった。多分、その過程で作詞のノウハウを身につけ、自分なりの「言葉の世界観」のようなものを構築できるようになり、気がつくとあっと言う間に二十数年が経ち、今日にいたる。

ここでふと振り返ってみる。なぜ私は作詞家になれたのか……。

『運とタイミングが良かっただけ』

そこに行きつく。もちろん、才能と呼んでもいいものも僅《わず》かながらあると今は信じたいが、ひょんなことから知り合ったレコード会社の人、小泉今日子さん、中山美穂さん、その他の音楽業界の方々、そして誰よりも、EXILE HIROさんとの出会いがなければ、作詞家としての現在の私は存在しない。その出会いすべてが私に訪れた幸運だったのだ。そして、そういう方たちに出会ったタイミングも絶妙だったのだと我ながら思う。

それ以外で、作詞をするにあたってためになっていることは、子供の頃から本を読むのが大好きで、読書量が多かったこと、それ故に言葉や文字に並々ならぬ興味があったこと、それくらいだ。

あとは、他の誰かよりつらい恋愛をたくさんしてきたこと、悲しいかな嬉しいかな、それが今となっては歌詞の宝庫となってくれている。

これまでに数えきれないほどの歌詞を書かせていただいた。今回、「自選の歌詞&エッセイ集」を出していただけることになり、自分が今までに書いてきた歌詞たちを改めて読み直したり聴き直したりしてみた。私は、自分が作詞した楽曲がリリースされてからその曲を何度も聴いたりするタイプではないので、昔のものも最近のものも自分の詞を如実《にょじつ》に覚えていなかったりする。だから、確認作業として過去の自分の作品に向き合った。

驚いた……。

すっかり忘れてしまっている歌詞もあるし、同じような言葉や内容の歌詞がいくつもある。今の自分じゃ絶対に書けない歌詞もあるし、昔の自分じゃ到底書けない歌詞もある。抹消したいくらい恥ずかしい歌詞もあるし、けれど、かなり好きな歌詞もある。

調べてみたら、二〇一六年、私は、作詞家という職業に就いてから二十五周年を迎えていた。「なんとなくなった作詞家」でも、四半世紀も続いたら「職業は作詞家です」と胸を張っていいだろう。ここら辺で、あの日、あの曲、あの人を、そして、自分自身を振り返ってみるのもいいかもしれない。私の人生の座右の銘のひとつは「継続は力なり」なのだから。

二〇一七年三月十九日　小竹正人

EXILE
EXILE TAKAHIRO
三代目 J Soul Brothers from EXILE TRIBE
今市隆二
GENERATIONS from EXILE TRIBE
DEEP
Dream Ami
Dream Aya
Happiness
Flower
E-girls
青柳翔

花火

パッと咲いて　シュンと散って
夜に打ち上げられた
恋花火　二人　照らしながら広がる
零れる火の粉はせつなさへと変わって
私の胸　熱く染めました

誰が悪いわけじゃなくて　それは夏のせいで
あなたを想う気持ち　熱を出しました
一瞬《ひととき》も離れては　いられないほど
会いたい　ただひたすら会いたい
初めて繋いだ手のひらに　こみあげた愛しさが
逃げてしまわないように

三代目 J Soul Brothers from EXILE TRIBE

どちらからともなくギュッと手を握ったまんまで
花火　見上げているんです

パッと咲いて　空に咲いて
夜を飾る火花は
夏花火　それとも　恋の炎でしょうか？
あなたの心が見てる夜空には今
私が綺麗に咲いていますか？

どんな幸せなときも　少し悲しいのは
私があなた　好きになりすぎたせいです
この夏が　この恋が　消えてしまいそう
会いたい　ただいつでも会いたい
少しだけ涼しい夜風が　海岸を吹き抜けて
あなた　髪が揺れてます

その横顔に映っている　赤・青・黄色の花火
消えずに燃えていて

パッと咲いて　シュンと散って
夜に打ち上げられた
恋花火　二人　照らしながら広がる
零れる火の粉はせつなさへと変わって
私の胸　熱く染めました

あなたに会うたび　わがままになります
このまま　ずっとこのままで
言葉なんか要らない　見つめてください
こんなに溢れてるあなた……好きです

パッと咲いて　空に咲いて

夜を飾る火花は
夏花火　それとも　恋の炎でしょうか?
あなたの心が見てる夜空には今
私が綺麗に咲いてますか?
パッと咲いて　シュンと散って
夜に打ち上げられた
恋花火　二人　照らしながら広がる
零れる火の粉はせつなさへと変わって
私の胸　熱く染めました

この曲が、小竹正人という作詞家の代表作として紹介されることが多いです。振り返ってみると、私の作詞家人生を変えた一曲なのかもしれません。私の歌詞の癖とか世界観がこの『花火』には凝縮されていると自分でも思います。本当に遅いのですが、この曲（二〇一二年リリース）で作詞家としての確固たる覚悟とプロ意識が私の中で芽生えたような感じです。それまでは、初対面の人に、自分で「作詞家です」と言うのが、どこか気恥ずかしかった。

この曲あたりからEXILEのHIROさんに歌詞の世界観のキーワードを出してもらうようになり、それが現在でも、特にシングル曲を作詞するときには、指針のようになっています。この曲のときは、「花火」「せつない初恋」そして「女性目線」でした。「パッと咲いてシュンと散って」というフレーズがまず浮かび、そこから手を休めることなく一気に書きました。海と花火くらいしか際立った名物がない町で育ったので、情景を描きやすかった。中学生の頃の恋を思い出しました。ひたむきで純粋でせつなかった、すごく幼い恋を。

大好きな、そしてとても相性の合う作曲家のＨｉｒｏｋｉ　Ｓａｇａｗａさんと初めてタッグを組んだ作品。

そして、これまた大好きで妙に気が合う蜷川《にながわ》実《み》花《か》さんが初めてＭＶを撮ってくれました。

バラードなのにめちゃくちゃカッコイイ振りを三代目のＥＬＬＹがつけてくれたのにも感動しました。リリース当時から今日に至るまで、カラオケで歌ってくれる人がとてもたくさんいるのが嬉しい限りです。

白雪姫

あなたに愛する人が　いるってわかってて　好きになったんです
どうにもならない恋が　胸の奥で　赤く赤く泣いてる

逢いたい逢わない　逢えば私はまた　あなたに抱いてほしくなるでしょう
煌めいた冬の星座たちを隠して
シンシン降り始めた雪は　汚《けが》れを知らない Snow White Color

純白の雪の中　咲ける花に　なれるとしたら
永遠にあなたを　待ち続けてたいの
何もかも白雪色の　世界なら
鮮やかに　私だけ　ああ　咲けるからよ

どうせなら「好きじゃない」と　あなた言ってください　いっそ言ってください
仄《ほの》かに期待している　片想いが　チリリチリリ燃えてる

寒い寒い　寒い夜ほどまた　あなたに抱いてほしくなるんです
凍えてる白い森に迷いこんだら
シンシン降り積もった雪よ　私を染めてよ Snow White Color

純白の雪の中　眠りましょう　瞳を閉じて
いつまでもあなたを　待ち続けてたいの
春の日に白雪姫は　キスされて
哀しみの　眠りから　そう　目覚めたのよ

鏡よ鏡よ教えて　この世で一番あの人を
愛しているのは　誰なのでしょうか？

せつなすぎる白い雪よ　教えてひとつだけ
あの人は来てくれるでしょうか？いつか…

純白の雪の中　咲ける花に　なれるとしたら
永遠にあなたを　待ち続けてたいの
何もかも白雪色の　世界なら
鮮やかに　私だけ　ああ　咲けるからよ

純白の雪の中　眠りましょう　瞳を閉じて
いつまでもあなたを　待ち続けてたいの
春の日に白雪姫は　キスされて
哀しみの　眠りから　そう　目覚めたのよ

『花火』と並んで、作詞家としての自分の世界観がみっちり詰まっている歌詞です。

「小竹さんの歌詞はどうしようもなく悲しく、救いようもなくせつないのが特徴だと思ってましたが、この詞はもはや病んでしまいます。病み曲です」と近しい人に言われました。誉め言葉として受け取りました（笑）。

ずいぶん前から、「鏡よ鏡。この世で一番あの人を愛しているのは誰ですか？」みたいなフレーズをいつか歌詞で使いたいと思っていて、それが実現した曲です。

この曲が、Ｆｌｏｗｅｒというグループの今のイメージを私の中で確立したのだと思います。前作『太陽と向日葵』のときにはなかったプロ意識が、メンバー皆の中にも芽生えたのを肌で感じました。Ｆｌｏｗｅｒには雪が似合います。私の中でＦｌｏｗｅｒは、雪の中や海の中、砂漠の中で咲く花たちのイメージです。哀しくも強い、そんな花たち。

白濱亜嵐《しらはまあらん》の主演ドラマの主題歌に採用していただき、ＣＭでこれでもか！　ってくらい流れていたのが思い出深いです。「『白雪姫』、現場のスタッフさん人気がすごいです」と亜嵐が嬉しそうに教えてくれました。亜嵐は、家族にちゃんと愛されて育ってきたのだと思う。心に汚れがない。だから他人に安心感を与える、そんな男です。

Heavenly White

EXILE

かするようなKissを　交わすたびにあなたは
淋しい顔して　微笑《わら》っていたね
やさしさなんてただ　照れくさかった僕は
わざと野蛮に　抱きしめたよ

溢れる想いを　持て余して　強がるしかなかった恋は
無傷な空から　零《こぼ》れた雪へと　吸い込まれてた

サヨナラと言った　冬の日にあなた
最後まで涙　見せなかったのは
粉雪に映る　若すぎた僕が
全然強くないこと　解ってたから

あの頃　何故だろう？　あなたを愛したこと
誰にも言わずに　黙りこんでた
むやみに話したら　手のひらの雪のように
溶けちゃいそうで　言えなかった

あれから何度も　恋をしたよ　一途に受け止めたけれど
記憶の隙間に　今でもあなたは　降り積もってる

もう会えないから　もう会わないから
永遠に僕を　許さなくていい
でもあなたが今　この空の下で
誰より幸せなこと　願っているよ

そしてまた雪が降る　世界を染めながら　降り続く…

どんな悲しみも埋め尽くす色彩《カラー》 Heavenly White あなたに届け

サヨナラと言った　冬の日にあなた
最後まで涙　見せなかったのは
粉雪に映る　若すぎた僕が
全然強くないこと　解ってたから

もう会えないから　もう会わないから…
もう会えないから　もう会わないから…

初めてEXILEに書かせてもらった歌詞です。そしてこの歌詞を機に私はLDHに所属させてもらうことになり、私にとっては未来を大きく開いてくれた曲です。

「冬にリリースするアルバムの中の一曲です」と言われ、『Heavenly White（全く汚れのない白）』というタイトルが浮かびました。すでにモンスターグループであったEXILEに作詞するというプレッシャーはあまり持たずに、好きなように書かせていただきました。歌詞の修正は一切なく、気がついたらATSUSHIくんとTAKAHIROくんの声が私の歌詞を歌ってくれていた。その素晴らしい歌唱力に鳥肌が立ちました。

冬の夕方、中野のさびれた商店街を歩いていたら、自転車に二人乗りをしているカップルが、「もう会えないから〜もう会わないから〜♪」と一緒にこの曲を歌っているのを偶然聞き、ものすごく驚いたと同時に、「やっぱりEXILEってすげえ!! こんなところで自分の作詞曲を口ずさんでくれている人たちに遭遇した！」と感動しました。

もう何年も前の寒い日の思い出です。あのカップルが今も二人で一緒にいてほしいと、なんなら結婚していてほしいと勝手に願っています。

今回、この本を出すにあたって、選曲に悩んでしまい、AKIRAを始めとするLDH所属のみんなやスタッフに私の作詞曲で何が一番好きか？ と聞いたところ、見事にほとんどの人がこの曲を選んでいました。だから、じゃあ二番目に好きな歌詞は？ とみんなに再度聞き直さなくてはなりませんでした。

ちなみに、HIROさんの他にLDHの人で私のことを「オダちゃん」とニックネームで呼んでくれるのは、ATSUSHIくん、MAKIDAIくん、AKIRAくん、TAKAHIROくん、TETSUYAくんだけです。この六人はそれだけ付き合いが古いんです。あっちゃんはLDHで一番付き合いの長いどこか幼なじみのような人。MAKIさんはいつも優しさと礼儀を決して忘れない見習うべき人。AKIRAはことあるごとに私に連絡をくれる情に厚い人、TAKAHIROは公私共に私を喜ばせてくれる人、TETSUYAは自然体でこちらの気持ちを楽にしてくれる人。私は、ＨＩＲＯさん以外の所属メンバーは皆、ニックネームか呼び捨てで呼んでいます。

PLACE

銀色の雲間から　オレンジ色した　光彩《ひかり》がまっすぐに射し込んで
ありふれた1日を　輝かしい印象《もの》で　終わらせようとする　A place we are living

それが〝絶望〟と言う　名前を持った感情でも
きっと拭い去れる　平等な朝　やって来るから

人はそれぞれ皆　言葉に出来ない　悲しみと生きてる
うつむいた場所を　一歩踏み出して　羽ばたけ

果てしない幸せを　摑もうとしている　あなたは誰よりも美しい
閉じ込めた涙など　笑い飛ばせばいい　信じる先に在る　A place we are living

EXILE TAKAHIRO

希望を　毟《むし》りとってく　暗闇でさえ　見上げたなら
星は　瞬《またた》いてる　決してその目に　映らなくても

眠れ…疲れ切った　夢を明日《あす》へと横たえてみれば
繰り返す日常《ひび》に　新しい力が　産まれる

銀色の雲間から　オレンジ色した　光彩《ひかり》が鮮やかに降りて来て
僕たちの1日が　始まる頃には　蒼い空　広がる　A place we are living

この頃、私はタワーマンションに住んでいました。ものすごく高くて、見下ろさないと空しか見えない、そんな部屋でした。

もういい歳になっていたのに、生まれて初めて「幸せ」とか「悲しみ」、「生」とか「死」の真意を深く理解できた時期でした。絶望の淵にいる人に降り注ぐ、銀色の雲間《くもま》から差し込む朝日や夕日、それがいかに心に希望を灯すか、を書きたかった。この曲を歌いたいと自ら言ってくれたTAKAHIROが説得力のある歌声でそれを美しく表現してくれています。

非現実的な環境の部屋で生まれたこの歌詞は、後に出版する私の初めての小説『空に住む』の土台となっています。

空に浮かんでいるようなあの部屋にはもう戻りたくないけれど、あそこに住んだ時期があったから今の私はこんなに幸せなんだと、強がりではなくそう感じています。つらいことは時間が絶対に解決してくれる。時間が解決してくれないことはない。大人になればなるほどそう思いますし、そう信じていたいです。

白いマフラー

こんなどうしようもない　ボクのことキミは
愛してくれたね…ありがとう
吐く息が視界を濁《にご》らせて　最後の場面　ぼやけてるよ

別れ際　キミは微笑んで
「じゃあまたね」って　いつでも逢える様な顔で
冬雲《ふゆぐも》の下繋いでいた手を　そっと解《ほど》いて　歩いて行った

降りだした初雪が　キミを　白く儚く　遠ざけてく
追いかけても　戻らないこと　知ってるから　空見上げた
背中から抱きしめるたびに　不意にくるりと前を向いて
僕を見つめた　キミの笑顔　きっと忘れられないよ

DEEP

好きになるほどに　愛し合うほどに
キミが抱《かか》えてた　寂しさを
見ようともしないで身勝手な　言葉ばかり　押し付けてたね

いつだって　キミは微笑んで
楽しむことが　下手なボクの心の奥
温め続けていてくれたこと　やっと今更　気付いてるんだ

降り続く初雪の　色と　同じ色した　キミのマフラー
目を凝らして　捜してみても　もうなんにも　もう見えない
泣いて振り切れるものならば　いつまでだって泣いてるけど
泣けないくらい　悲しすぎて　ただ此処《ここ》に立ちすくむよ
幾千の　雪片《ゆき》がボクを　今　空に吸いこんで行く

初めての想い　軋《きし》んだ痛み
永遠に憶えてるから…

降りだした初雪が　キミを　白く儚く　遠ざけてく
追いかけても　戻らないこと　知ってるから　空見上げた
背中から抱きしめるたびに　不意にくるりと前を向いて
僕を見つめた　キミの笑顔　きっと忘れられないよ

DEEPに初めて書いたシングルの表題曲です。人はものすごく誰かのことを好きになると、その「好き」という気持ちだけに支配されがちで、独りよがりでわがままになってしまう。後悔してもしきれない恋は、ちょっとしたしこりみたいに自分の中に残ってしまう。恋は素晴らしいけど怖い、といつも思います。

子供の頃は雪が降るとあんなに嬉しかったのに、大人になるにつれ、雪は私の中でとても悲しいものになっている。あんなに幸せだった恋が終わってしまい、今では少し悲しい思い出になっているように。

E-girlsの石井杏奈《いしいあんな》が、この曲の「幾千の 雪片《ゆき》がボクを今 空に吸い込んで行く 初めての想い 軋《きし》んだ痛み 永遠に憶えてるから…」の部分を聴いて、「人を心から好きになってみたい、大失恋を経験してみたいと思いました」とまっすぐな目で言ってくれて、若さって綺麗で無防備だよなあ、石井杏奈くらい若い歳の子も歌詞の世界観に入り込んでくれるような詞をこれからもきちんと書いていきたいなあと、襟《えり》を正すような気持ちになりました。

石井杏奈はＥ－ｇｉｒｌｓの中でも唯一無二の透明感と正義感を持っている女の子です。今はまだ蕾の彼女だけれど、近い将来きっと大輪の花を咲かせると、何の疑いもなく私は確信しています。

『白いマフラー』というタイトルが少し古めかしく感じ、「昭和っぽいか？」と自分でも散々悩んだのですが、今となっては、結局このタイトルが一番しっくりきていると感じています。

LOVE SONG

無防備な顔して　君が笑うたびに
思わずどうしようもなく　胸に溢れる I love you
ありふれたコトバを　並べるだけじゃなく
迷いのない真実を　伝え続けていたい

過ぎて行く　日常《ひび》の中…

その瞳に　今僕らの未来が映った
"アイシテル"　とあきれるくらい　いつも言って抱きしめるから
汚《けが》れのない風吹く空を　見上げたその瞬間《とき》
君が想い浮かべる人が　きっと僕でありますように

三代目 J Soul Brothers from EXILE TRIBE

出逢った春の夜　生まれたあの恋は
僕らが触れ合うたびに　絆へと変わっていた

そしてまた　朝が来て…

もしも君が　今日という日を嘆いたのならば
僕は必ず　平気な顔で　君のためにうたっていよう
痛みさえも悲しみさえも　愛だと信じて
差し伸べた手を　君は必ず　強く強く　摑んで欲しい
祈るように　庇《かば》うように　守るように
幸せを　奏でながら　歩幅合わせ I sing this love song

その瞳に　今僕らの未来が映った

〞アイシテル〟　とあきれるくらい　いつも言って抱きしめるから
汚《けが》れのない風吹く空を　見上げたその瞬間《とき》
君が想い浮かべる人が　きっと僕でありますように

もしも君が　今日という日を嘆いたのならば
僕は必ず　平気な顔で　君のためにうたっていよう
愛の詩《うた》を　うたっていよう

シングルとしては三代目に初めて書いた曲です。今、聴くと、今市《いまいち》隆二《りゅうじ》も登坂《とさか》広臣《ひろおみ》も声が若いですね。3・11の震災のあとに書いた歌詞で、せめて愛が悲しみややるせなさを包んでくれますようにという想いを込め『LOVE SONG』というタイトルにしました。歌詞にもあるように、本当に、祈るような悼《いた》むような厳粛《げんしゅく》な気持ちで作詞しました。

「『LOVE SONG』は、ファンの人たちの間でめちゃくちゃ人気があります」と、三代目のメンバーが言ってくれます。LDHに所属する男たちは揃いも揃って皆、すごく誉め上手です。誰かのいいところをちゃんと誉める。これはHIROさんからみんなに継承されたのだと思います。

この曲のレコーディング終了後に、今市と登坂と私の三人で焼肉を食べに行き、初めて二人と長々と話しました。二人の食う肉の量のすごさに驚愕したのを昨日のことのように覚えています（笑）。今は二人ともあの頃ほど食欲が旺盛ではありませんね。

私にとって、LDHに入ってから初めてできた本当の意味での「後輩」が今市・登坂なんです。全くの素人だった彼らがアーティストになっていく様を間近で見てきた。いつの間にか、忘れられない思い出や軌跡が数えきれないくらいある。デビューからもう何年も経って、すっかりスターになった二人ですが、私にとっては二人とも出会った頃からまったく変わらない。公私共に、家族のような、友達のような、頼もしくも愛すべき後輩です。それは、ＮＡＯＴＯにも小林直己《こばやしなおき》にも山下健二郎《やましたけんじろう》にもＥＬＬＹにも岩田《いわた》剛典《たかのり》にも同じことを感じます。

スノードーム

雪が降りそうな日は　なつかしい匂いに　混ざって
鼻の奥ツンと尖《とが》った　風が通り抜けてくよ

想い出とも　言えないくらいの　真っ白な空の下の出逢い
名前呼ぶことさえできずに　恋した　あの冬

あなたに降る　雪だけ　スノードームみたいに
キラキラと輝いてた　手を伸ばして　触《さわ》ろうとしても　触《さわ》れず　瞳《め》を伏せた

気持ちを伝える方法《すべ》　そんなこと解らず　いつでも
ふざけたことばかりして　あなた　笑わせてたけど

三代目 J Soul Brothers from EXILE TRIBE

他のだれかと並び歩いてる　あなたの横顔　綺麗すぎて
見たことも無い幸せそうな　顔していたんだ

あなたが居る　眩しい　スノードームの内側《なか》を
手をかざし見つめていた　それが恋の　痛みなんだと　知らずに　恋してた

現在《いま》じゃ笑えるような　拙《つたな》い冬のLOVE STORY
手のひらに乗せた小さなSNOWDOME

あなたに降る　雪だけ　スノードームみたいに
キラキラと輝いてた　手を伸ばして　触《さわ》ろうとしても　触《さわ》れず

あなたが居る　眩しい　スノードームの内側《なか》を
手をかざし見つめていた　それが恋の　痛みなんだと　知らずに　恋してた

冬の曲を連発して書いていた頃だったので、アイデアが欲しくなり、たまたま近くにいた登坂広臣と岩田剛典に、「なんか冬の恋の思い出ってある?」と聞いたら、臣がものすごくグッとくる昔話をしてくれて、それを思い切り広げて、スノードームという単語を要《かなめ》に使って歌詞を完成させました。この曲を聴くと制服を着てマフラーをしている臣を勝手に思い浮かべてしまいます。

臣と私は、誕生日が近いこともあってか、どこか性格が似ていますね。常に冷静に周囲を窺《うかが》って、周りの人に合わせてどこかキャラクターをつくってしまう。だから、臣と食事をするときはいつも二人きりで差し飯です。気を遣わずに思う存分本音を言い合う。出会ったタイミングや立場が違っていたら、普通に我々が同世代だったら、臣と私は絶対に親友になって、いろんな楽しいことやバカなことを一緒にやっていた気がします。

三代目のリーダーのNAOTOがこの歌詞をすごく誉めてくれて、酔っぱらってカラオケで歌ってくれたのが嬉しかったです。NAOT

Oの隣では健二郎が半分酔いつぶれて眠りそうになっていて、その健二郎の後ろではＥＬＬＹがＮＡＯＴＯの歌に合わせてひとりで踊ってくれていました（笑）。

私は昔からスノードームが好きだった。我が家には今、スノードームが数十個並んでいて、ＬＤＨ所属の男子が海外土産《みやげ》で買ってきてくれたものがほぼ大半を占めている。自分で買ったものはひとつもありません。隆二は海外に行くと必ずスノードームを買ってきてくれます。

ちなみに、がんちゃんの冬の恋の思い出ですが、「耳あてです」とただ一言。なんじゃそりゃ？　となり、歌詞には一切反映しませんでした（笑）。

最後のサクラ

強がりじゃない…会う前から
わかってたんだ　今日で終わりと
「どんな恋も　この恋より　ツラくない」って　キミが言う

嘘ばかり重ねたから
僕はキミに　もう　選ぶ嘘が残っていないよ

自分が嫌《や》になるくらいに
情けないくらいに　まだキミが好きでも
最後のサクラがハラハラ
ふたりを隔てるように　降り止まない

三代目 J Soul Brothers from EXILE TRIBE

会えない日を　数えるのが
多くなってた　会える日よりも
言い訳さえ　しない僕に
背中を向けて　泣いてたね

膨らみ始めた未来
吹き飛ばして　ただ　傷だらけの夢を見せたよ

悲しみよりもっと悲しい
きりがない孤独を　知りすぎてたキミは
サクラの雨に黙り込む
"さよなら"　どっちが先に　切り出すんだろう?

「夜の空に　光るサクラは
綺麗すぎて　少しだけ怖くなる」

キミは　不意に　そう言いながら　サクラを見上げてる

自分が嫌《や》になるくらいに
情けないくらいに　まだキミが好きでも
最後のサクラがハラハラ
ふたりを隔てるように　降り止まない

悲しみよりもっと悲しい
きりがない孤独を　知りすぎてたキミは
サクラの雨に黙り込む
"さよなら"　どっちが先に　切り出すんだろう？

「嘘ばかり重ねたから　僕はキミに　もう　選ぶ嘘が残っていないよ」
「膨らみ始めた未来　吹き飛ばして　ただ　傷だらけの夢を見せたよ」

どこにでもあるような別れの物語を、どこか少しでもいいから文学的に書いていきたいと私は常々思っています。

この歌詞の中にある「『夜の空に　光るサクラは　綺麗すぎて　少しだけ怖くなる』」は、友人・小泉今日子さんが目黒川沿いに咲く夜桜を見て、「桜ってちょっと怖い」と言ったことがずっと心の中に残っていて、それを膨らませて、一番盛り上がる箇所に勝手に使わせていただきました（笑）。

最後が「〝さよなら〟どっちが先に　切り出すんだろう？」になっていて、リリース当時がんちゃんに「小竹さん、どっちが先にサヨナラを切り出したんですか？」と聞かれました。がんちゃんはこの曲が私の作詞曲の中では一番好きだと言ってくれます。どっちが先にサヨナラを切り出したか……、それは私とがんちゃんだけが知っていることにしておきます。

余談ですが、がんちゃんを「ちゃん」付けで呼ぶのが何か嫌で(笑)、いつからか私は岩田氏のことを「がんち」と呼んでいます。これがまったく浸透せず、こう呼んでいるのは見事に私だけですね(笑)。以前がんちゃんとは同じマンションに住んでいて、洋服の交換をよくしていました。いつの間にか押しも押されもせぬ人気者になってしまいましたが、彼は、私にとってできのいい自慢の弟みたいな存在です。がんちゃんに俳優業のオファーが来ると、プロットや台本を真っ先に読ませていただき、必ず私なりの感想を本人とスタッフに伝えています。

好きですか？

好きですか？　私を好きですか？
限りなく朝に近い夜空は　星が泣いてるみたいだから
あなたに会いたい　ねえ会いに来て

急に雨が降り始めた　あの日あなた私に
「そんなに強がらなくていいよ」突然言ったね
両腕を伸ばして傘を作って　濡れながらまっすぐに　私を見てた
不意のやさしさに息潜めて　わがままな愛しさが　溢れ出した

好きですか？　私を好きですか？
ずっと隠してた淋しさ全部　なんてことなく包み込んだ
あなたが好きです　ねえ好きなんです　ぎゅっと抱きしめていて

E-girls

楽しい事が苦手だと　信じ込んでいたから
悲しい事も黙ってそっと　胸に閉まってた
キラキラと輝いた　誰かにいつも　うらやましい気持ちから　憧れていた
あなたに逢えて私はやっと　真実の自分へと変わったんだ

好きですか？　私を好きですか？
生まれて初めて　こんな想いは　熱があるときみたいだから
あなたに会いたい　ねえ会いに来て　ぎゅっと抱きしめに来て

これが恋だなんて　出逢った日には気付きもしなかったけれど
愛されているって　思えるたびにそう　私は綺麗になる
好きですか？　私を好きですか？
限りなく朝に近い夜空は　星が泣いてるみたいだから

あなたに会いたい　ねえ会いに来て
好きですか？　私を好きですか？
ずっと隠してた淋しさ全部　なんてことなく包み込んだ
あなたが好きです　ねえ好きなんです　ぎゅっと抱きしめていて
Lovin' you lovin' you I will be loving you loving you So, say YES
Lovin' you lovin' you I will be loving you loving you So, say YES...

私は昔からいろんな人にしょっちゅう恋愛相談をされる。話しやすいからだろうか、老若男女《ろうにゃくなんにょ》問わず、何故か赤裸々な相談を私にしてくる人が本当に多い。

どんなに一緒に過ごしてどんなに想いの存在確認をし合っていても、恋にはいつだって不安材料がたくさんあって、それだけ恋は魔物なのだと、相談を受けながらそんなことを多々思う。そんなときは、相手に「私を（僕を）好き？」と聞けばいいのだけれど、それを聞けないのがまた不安な恋をしている人の特徴で、もどかしくてじれったい。

だからこの『好きですか？』の歌詞の主人公には、ダイレクトに「好きですか？」と言わせている。随分と昔からあった曲だったのですが、紆余曲折《うよきよくせつ》あって、Ｅ－ｇｉｒｌｓの楽曲として発表されました。Ｄｒｅａｍ ＳｈｉｚｕｋａとＦｌｏｗｅｒ鷲尾《わしお》伶菜《れいな》の二人が歌ってくれていますが、二人とも声に絶対的なせつなさと一途な優しさがこもっている。Ｅ－ｇｉｒｌｓのライブで二人がこの曲を歌うと、ぽかんと口を開けて見入ってしまいます。

『好きですか?』は初期のEｰgirlsに書いたものの中では一番好きな歌詞です。

その後、「続・好きですか?」をイメージして『サヨナラ』という曲を作詞したのですが、いつか、三部作の最後としてもう一曲作詞して、大人の女の恋の歌をShizukaと鷲尾に再び歌ってほしい。

一千一秒

このままふたりは何処へ　流されて行くのだろう?
多分　幸せよりもそう　哀しいことがあるけど

何もかも見透かすような　綺麗な瞳の奥に
情熱がくるおしく燃えるから　あなたを守りたいずっと

抱いて　抱いて　抱いて　かすれた声であなたに言われて
引き返せない　夜の扉を　開いてしまった僕たちは
逢いたい　逢いたい　逢いたい　一秒ごとに募るせつなさを
世界中から　責められたって　手放すことなんて　できないから

EXILE TAKAHIRO

なんとなく過ぎ去ってた　平凡な日々の中で
色を失くしてた花が　赤く咲いたみたいに

激しい孤独と孤独が　不意に行き場を見つけて
言葉にならないくらいの愛しさを　生まれて初めて知った

風が　風が　風が　明日《あす》の行方《ゆくえ》を見えなくしたって
はぐれはしない　約束しよう　未来がどんなに遠くても
逢いたい　逢いたい　逢いたい　千年先もあなたに逢いたい
遥か彼方の　夢を捜して　このままふたりで　生きて行こう

傷付きながら　彷徨いながら　やっと出逢えたふたつの愛は
たったひとすじ　光りがあれば　離れない　離さない　もう

抱いて　抱いて　抱いて　かすれた声であなたに言われて
引き返せない　夜の扉を　開いてしまった僕たちは
逢いたい　逢いたい　逢いたい　一秒ごとに募るせつなさを
世界中から　責められたって　手放すことなんて　できないから

TAKAHIROのソロデビューシングル曲。

「めちゃくちゃいいバラードがあるから、オダちゃんに作詞してほしい」とTAKAHIROに言われ、感無量《かんむりょう》でした。

TAKAHIROは、いつも男らしく、いつも明るく振る舞っているけれど、内面にすごくナイーヴな情熱を持っている。その内面をどうしても書きたかった。「傷付きながら 彷徨いながら やっと出逢えたふたつの愛は」のところのTAKAHIROの歌声がとても好きです。

どんなイメージの歌詞にするか、食事でもしながら相談しよう！となったのですが、食事前の移動の車中の数分間でその話はすぐに済んでしまい、結局、美味しいものを二人で食べ、美味しい酒もふんだんに飲み、ただただ楽しんで終わった夜だった。TAKAHIROと二人で飲みに行くと、彼がめちゃくちゃ私を盛り上げてくれるので、楽しくて、いつも朝まで飲んでしまいます。次の日は百パーセント二日酔いになります。

余談ですが、この曲のMVも蜷川実花さんが撮ってくれることになり、TAKAHIROと実花ちゃんへの差し入れを口実に現場に遊びに行こうと思った矢先、ノロウイルスで倒れてしまい、結局行けなかったことが苦い思い出です。

これまた余談ですが、友人のYOUさんとカラオケに行くと、たまにこの曲を歌ってくれる。しかもとても感情を込めて熱唱してくれる(笑)。

Bloom

初めて出逢った　あの冬の日
それが愛だなんて　まるで気づかなかったけど
あんなに楽しく　笑ったこと
今までに一度もなくて　夢をみているみたいだった

あたたかい部屋の　曇りガラス
白いキャンバスへと描いた　あなたの名前
大きな大きな　文字の向こう
東京の街がキラキラ　輝いていて奇麗だった

戸惑ってばかりで　それでも逢いたくなって
躊躇ってばかりいたから　あなたを困らせていたよね

EXILE

青春なんて　知らずに生きて…
何となく私が　そう言ったとき
黙ったままで　突然抱きしめた
私はあなたを　好きになりました

誰かが誰かを　守るなんて
決して出来ないって　そんな風に思っていた
幸せの意味も　夢の意味も
何もかもあなたが　私を守りながら教えてくれた
私だけの呼び方で　あなたを呼んでみたら
恥ずかしそうな顔をして　あなたは笑っていたよね

手を伸ばしたら　空に届きそうな
あの場所で私は　心に決めた
この先ずっと　あなたのそばにいて
その笑顔をずっと　守っていこうと

青春なんて　知らずに生きて…
何となく私が　そう言ったとき
黙ったままで　突然抱きしめた
私はあなたを　好きになりました

手を伸ばしたら　空に届きそうな
あの場所で私は　心に決めた
この先ずっと　あなたのそばにいて
その笑顔をずっと　守っていこうと

強くて優しいあなたを　好きになりました

人生で出逢った男の中で唯一無二、こんなに敬愛する男は今までの人生にいなかったし、これからも絶対に現れない……と思うのがHIROさんです。LDHの所属の皆がことあるごとに「HIROさん、HIROさん」と言いますが、それだけ、もう一言では語れないくらいすごい人なんです。

私は本来とても怠け者で、野心とか夢とか希望とか、そういうものを抱くことが公私共にできない人間だった。その怠け者の背中をバシバシ押して、腕をグイグイ引っ張ってくれたのがHIROさんでした。「オダちゃんの作詞は天才的だから」と、それまで誰も言ってくれなかった恐れ多いことを初めて真面目な顔で言ってくれたのもHIROさんでした。私の人生をより深いものへと変えてくれた恩人です。

そんなHIROさんが結婚することになり、相手は上戸《うえと》彩《あや》さん。彼女もまた、私にとってはずっと昔から愛すべき妹のような存在です。それを知っていたATSUSHIくんが、「HIROさんと彩さんの結婚祝いに曲をプレゼントしたいから、オダちゃん、詞を書いてよ。

俺がそれに曲をつけるから」と電話をかけてきてくれました。誰かのことを思って作詞したことは何十、何百回とあったけれど、誰かに贈り物として詞を書くのは初めてでした。けれど、この詞の執筆時間は本当にあっという間だった。なぜなら、今までに彩が私に話してくれたことをただ詞にすればよかったから。二人の一番近くにいた私は、とても簡単に、けれど溢れんばかりの愛を込めて、この歌詞を書きました。それにあっちゃんが曲をつけてくれて、この『Bloom』という曲ができあがった。

ＥＸＩＬＥ ＡＴＳＵＳＨＩの歌声は、これまた唯一無二ですね。努力とか才能とか、それももちろんあるのだろうけれど、それを超越した「天性」としか言えない、少し怖くなるくらいの神々しさと美しさが共存している。

ＨＩＲＯさんと彩が結婚した日、あっちゃんが仕切ってくれて、本当にごく身内だけでお祝いの会がありました。そこで、あっちゃんがサプライズで二人にこの曲を歌って、曲の途中からＬＤＨ所属のみんなもサプライズでコーラスに加わり、最後はみんなで大合唱。みんなこの日のために練習してくれていたんです。あれが人生で一番感動したことかもしれないなあ。私が、人前で号泣したのは後にも先にも、あのときだけです。

スタッフや所属の皆が熱望してくれて、のちにこの曲はアルバムの中の一曲としてリリースされるのですが、そのMVにLDH所属のみんなが出ていて、すごくいい顔をしてコーラスをしてくれています。

個人的に私は、この曲をあまり聴きたくありません。絶対に泣くから。みんなの前で号泣したことを思い出して恥ずかしくなってしまうから。今、この文章を書くにあたって、すごく久しぶりにあっちゃんが歌うこの曲をフルで聴いたら、案の定、ウルッときてしまっています（笑）。

太陽と向日葵《ひまわり》

暮れていく　オレンジに空は燃えるから
せつなさが　私の胸に　広がった
夏が終わる…　どうかお願い…
抱きしめて　体温《ねつ》が　上がるくらいに

眩しく笑う太陽　それがあなたなんです
夕焼け滲んでる　坂道に
ユラリユラユラと　揺れる陽炎《かげろう》
あなただけが映るきらりきらり夏模様　「好きよ」

夏が来るたびそっと　人に言えない秘密増える
もう子供のままじゃいられないような　夢よりも暑いこの想い

Flower

日に焼けた素肌に触れた瞬間《とき》
悲しくもないのにただナミダ　零れ落ちそうになるのが不思議
これが愛なら他に何も　要らないの　あなた以外　欲しくなんてない

今年咲いた向日葵《ひまわり》　それが私なんです
黄昏《たそがれ》の夏空《なつぞら》　風が吹く
ユラリユラユラと　淡い陽炎《かげろう》
あなただけを見上げきらりきらり恋模様　「好きよ」

夏の終わりはいつも　何か失くした気持ちになる
少しずつ長くなる影が不安で　どうしてもあなたに逢いたい
離れていてもねえ平気なんて
そんなこと思えない私を　あなた　優しく叱ってください
そして私はもっともっと　好きになる　あなただけを　好きになってしまう

眩しく笑う太陽　それがあなたなんです
夕焼け滲んでる　坂道に
ユラリユラユラと　揺れる陽炎《かげろう》
あなただけが映るきらりきらり夏模様　「好きよ」

暮れていく　オレンジに空は燃えるから
せつなさが　私の胸に　広がった
夏が終わる…　どうかお願い…
抱きしめて　体温《ねつ》が　上がるくらいに

今年咲いた向日葵《ひまわり》　それが私なんです
黄昏《たそがれ》の夏空《なつぞら》　風が吹く
ユラリユラユラと　淡い陽炎《かげろう》
あなただけを見上げきらりきらり恋模様　「好きよ」

それまでまったく接点がなかったFlowerというグループに初めて作詞した曲です。

他のLDH所属メンバーはデビュー前から会って話す機会が多々あって、それなりにそれぞれの性格や雰囲気を把握してから歌詞を書くことができていたのに、Flowerだけは、オーディションを経て、ある日突然結成されたグループという印象があった。だから、HIROさんからのキーワードの「夏の終わり」「夕暮れどき」だけを頼りに作詞しました。

こんなに深く長くFlowerに関わって、LDHのどのアーティストよりも多くの曲を作詞することになるとは、このときはまだ思ってもいませんでした。メンバーの誰一人のフルネームも知らなかったし、ちゃんと会話をしたこともなかった。ただ、ヴォーカルの鷲尾伶菜の声が、私の歌詞独特の「暗さ」「ですます調の強い想い」と恐ろしいくらい相性がいいなと、それだけはこのときにはっきりと気づいた。

あまりＦｌｏｗｅｒをよく知らなかったし、かなり子ども扱いしていたので、この曲のレコーディング前に、レコード会社の人を交えて、「歌合わせ」と称し、鷲尾に歌詞に込められている意味を細かく説明し、譜割《ふわり》（メロディーにどんなふうに歌詞をのせるか）の確認をしました。この、私と鷲尾の「歌合わせ」の習慣は、今でもずっと続いています。鷲尾に歌ってもらってニュアンスを聴いて、歌詞の一部を書き換えることも多々あります。毎回、こちらの想像を超える表現力で歌ってくれるので、鷲尾の歌声に負けない歌詞を書きたいと常に思います。

冬物語

寒い夜ほど　星は鮮やかに光るね
もうすぐ雪が降るよ　僕らの住むこの街にも
今居る場所を　逃げ出すことはそう　すごく簡単だけれど
それはあなたが　大切にしていた　夢もきっと失くすことになる

抱きしめたなら始まる　冬物語
どんな痛みも　溶かしてみせるよ
恋よりずっと暖《あった》かい　深愛《しんあい》だけをあげるよ　あなた
幸せな瞬間《とき》を一緒に　過ごしたいって
ただそんなこと願うんじゃなくて
哀しみや涙も　全部受け止めたい
初めて思ったんだ Because of you

三代目 J Soul Brothers from EXILE TRIBE

ときに世界は　辛い出来事で溢れて
悪戯に傷付いて　挫けてしまいそうになる
二人で帰ろう　二人で歩こう　遥か遠い道のりを
激しい風が　凍えそうな雪が　やがていつか青に変わるまで

もうすぐ今年が終わる　冬物語
過去と未来を　繋いでる現在《いま》が
悲鳴をあげたとしても　心配しなくていいよ　あなた
優しい言葉なんかで　伝わらないよ
凛とした強さで伝える
生温《なまぬる》く愛して　いたいわけじゃない
今ここに誓うんだ Because of you

春待つ花は　真っ白な雪の　下で蠢《うごめ》いて

雪解けの朝に　咲いてみせるのを　待っている

抱きしめたなら始まる　冬物語
どんな痛みも　溶かしてみせるよ
恋よりずっと暖《あった》かい　深愛《しんあい》だけをあげるよ　あなた
幸せな瞬間《とき》を一緒に　過ごしたいって
ただそんなこと願うんじゃなくて
哀しみや涙も　全部受け止めたい
初めて思ったんだ Because of you

冬が好きです。だから私の歌詞には冬のものがとても多い。そして、昔から、夏曲に比べたら冬曲の方が作詞の依頼も断然多かった。

「抱きしめたなら始まる　冬物語」

「もうすぐ今年が終わる　冬物語」

ワンコーラス目もツーコーラス目もサビの始まり部分の歌詞が好きです。毎年、年末になると必ずこの曲の二番の歌詞が頭の中で流れてしまいます。

冬の恋には思い出がたくさんあります。寒さの中の温かい恋。それが自分的にはグッとくるのかもしれない。寒いのに心は温かい、相反するものを歌詞に多用する癖が私にはあります。

「深愛《しんあい》」という言葉の持つ真意を、作詞時にはまだちゃんとわかっていなかったけれど、今は少し理解しているような、そんな気がしています。

「『冬物語』、大好きッス」と言ってくれている、三代目のＥＬＬＹが振付を考えてくれた。ＥＬＬＹは「『花火』『冬物語』『Unfair World』

の三曲は、三代目メンバーが好きな振付TOP5に入ると思います。かなりイイのが出てます」と、彼独特の表現でいつも言ってくれる。もちろん『花火』も『Unfair World』もELLYが振りを作ってくれました。私はいつも「ELLYみたいな人になりたい」とELLYに言います。あんなにピュアに生きてみたいからです。

夜風

どうして　こんな時間に
あなたは　呼び出すんだよ?
断れない僕　試すように　電話が鳴る
ホントに　愛する人
僕じゃない　他のヤツで…
それなのにあなた「逢いたい」って　いつも言うね

昨日より　今日が　辛くなって
満たされはしないと　知りながら　駈け出してる

始めからわかってた…切ない恋に　なってしまうことを　わかっていたけど
頼りない夜風が　吹いたあのとき

DEEP

なんとなく　僕を見てた Your eyes
見つめ返した　その瞬間に　もう恋に　落ちていた

普通に　普通の恋が
始まり　終わっていたよ
今までの僕は　知らなかった　こんな夜を

いつでも　帰る場所が違う
別々の朝を　別々に　また迎える

左から二番目の　あなたの指に　冷たく輝く　指輪を見るたび
やるせない想いが　僕を責めるよ
断ち切れる　勇気もなく My eyes
映ってるのは　未来じゃなくて　迷いだけだよ
始めからわかってた…切ない恋に　なってしまうことを　わかっていたけど

頼りない夜風が　吹いたあのとき
なんとなく　僕を見てた Your eyes
見つめ返した　その瞬間に　もう恋に　落ちていた

普通に、そんなに波瀾万丈に生きていなかった男が、初めて恋愛に翻弄《ほんろう》される歌詞です。これまでも幾つもの禁断の愛を歌詞にしてきましたが、これが一番やるせない歌詞だと思います。つらい恋をしているときのどうにもできない感じをDEEPの四人の歌声がさらにつらくしてくれています。作曲のマシコタツロウさんの曲は、歌詞をつけているとどんどん気持ちが高ぶって、「書いている」というより、「勝手に書かされてしまう」という感じにいつもなってしまいます。曲力がすごい。

この曲は、もっともっとたくさんの人に聴いてほしい。つらくて仕方ないのに、それでも手放せない恋。人生で誰でも一度くらいは経験するのではないだろうか。

劇団EXILEの町田《まちだ》啓太《けいた》がいつもカラオケでこれを歌っていたので、この曲を聴くと啓太を思い出します（笑）。いい奴すぎてたまにこちらがせつなくなってしまう啓太に、この歌詞が妙にマッチしているせいでもある。

Wedding Bell ～素晴らしきかな人生～

とても遠い道でした
思い出が溢れています
そう　輝いています

数えきれぬ長い夜と
新しい朝繰り返しながら
やっとめぐり逢えた二人

しあわせなときにしか
決して見えない　歓《よろこ》びが　あるんだとしたら
苦しいときにこそ見える
優しさもあると　信じて　歩いてください

三代目 J Soul Brothers from EXILE TRIBE

ウエディングベルが鳴り響いて
晴れ渡る空に　夢がひとつ　生まれて瞬《またた》いて
素晴らしきかな人生…　明日ハレルヤ！
降り注ぐ　美しい光は Just For You & You

子供の頃描いていた
憧憬《あこがれ》は壮大《おおき》すぎるから
まだ　叶わないとしても

あなたのこと愛する人
あなただけ愛してくれる人が
今は隣に居てくれる

知らず知らず過ぎてく
季節の中で　なんとなく　振り向いてみたら
守るべき誰かが不意に
大切なことを　教えてくれているんです

ウエディングベルに瞳閉じて
目を開いたならば　ほらそこには　笑顔と涙が
素晴らしきかな人生…　未来を繋ぐ
旅立ちに　永遠を誓って Just For You & You

春に咲く花が　夏の太陽が
あなたを抱きしめたならば
秋に吹く風が　冬の雪が
あなたを強くする oh

ウエディングベルが鳴り響いて
晴れ渡る空に　夢がひとつ　生まれて瞬《また》いて
素晴らしきかな人生…　明日ハレルヤ！
降り注ぐ　美しい光は Just For You & You

ウエディングソングを、との依頼で書いた詞です。ちょうどこの曲を作詞する前に、私の友人、雑誌「Numéro TOKYO」の編集長・田中杏子《たなかあこ》さんが結婚を決めていて、その結婚への道のりが決して平坦なものではなかったので、歌い出しの歌詞が「とても遠い道でした」と、なっています。けれど、あまりにも彼女の結婚に焦点をあてて書くのもプライバシーの侵害かと思い、他の部分は、もし今私が自分のすごく近しい誰かの結婚式に出席したら、どんなことを思うだろう？　と妄想して書きました。その誰かとは今市隆二でした。

隆二とは性格が正反対だから、逆に気が合うというか、後輩の中で一番近しい存在です。隆二は、本当に素直で本当に真っ直ぐで良い意味で原始人のような男なので（笑）、こちらも羞恥心《しゅうちしん》や壁を取り払って、何の遠慮も気遣いもなく接することができる。そして隆二は、いつも正直にはっきりといろんなことを意見してくるし相談してきてくれる。私は昔から、人に何も言わないことが自分の美学だと思っていて、それが美学なんかじゃないと気づいたときには「時すでに遅し」で、今じゃすっかり秘密主義者みたいになっているのですが、そんな私も隆二にだけは案外何でも言うことができる。だからこそ、この歌詞が祝辞というより、どこかアドヴァイス的な内容になっているのだと思います。

記憶がないくらい泥酔して隆二に家まで運んでもらったことがあるので、なんか説得力に欠けるかもしれないが、アイツもアイツで、散々な姿を私に見られているので、どっちもどっちってことで（笑）。

前述の田中杏子さんは、結婚式の、新郎・新婦の軌跡のVTRのBGMとしてこの曲を使ってくれて、とても感激しました。

熱帯魚の涙

夏が来るわ　夏が…

頬杖をついた窓に　吹いた微風《カゼ》は　少し暑くて
汗ばんでる　私の肌を　ひらり撫でて張りついた
どうしてでしょうか？　思い出すわ
夏になるとあなたを

私　あなたの腕の中の
愛を知らない　熱帯魚だった
どんなに　激しく泳いだって
そこにあるのは　涙の海でした

夏が（来るわ）　夏が…

水槽の中漂う　魚たちは　とても綺麗ね
羽根広げた　孔雀みたいに　輝いては乱反射
どうしてでしょうか？　それなのにねえ
とても悲しそうだわ

私　なんにも知らなかった
愛してほしい　そう願いながら
何処へ　行けば自由になれるの？
そんな想いで　泳ぎ続けていた

忘れたい　忘れられない　碧《アオ》い空のスクリーンには
あなたが映るのよ　初めて恋をして　泣いてばかりいた私

夏が　来るわ
もう戻りたくないけど
思い出すの
熱帯魚の涙を

私　あなたの腕の中の
愛を知らない　熱帯魚だった
どんなに　激しく泳いだって
そこにあるのは　涙の海でした

私　なんにも知らなかった
愛してほしい　そう願いながら
何処へ　行けば自由になれるの？
そんな想いで　泳ぎ続けていた

夏が来るわ　夏が……

当時のＦｌｏｗｅｒの実年齢よりも十歳くらい年上の女性をイメージして書いた歌詞です。

今、私が居る場所にたどり着く過程で、いろんなものを手にしてきたけれど、その反面、たくさんのことを犠牲にして、たくさんのものを失ってきたなあと思う。そんな大人の淋しい部分をこの歌詞に練り込んでしまったのかもしれません。

最初は、「夏が来るわ」の部分が「夏は嫌よ」という歌詞でしたが、夏のリリースなのにそれではあんまりだなあと、レコーディング直前に変更しました。私は夏があまり好きではない。理由は、暑いから。

大人になってから昔の恋を振り返り、気づくことってたくさんある。今更気づいても仕方のないことだらけだったりする。「嫉妬」とか「独占欲」は、自分が思っている以上に醜《みにく》い感情だと。そうやって誰かを愛したりしても、相手も自分も決して幸せにはならないんだな、と。過去の自分に会いに行って、それを強く説いてやりたいです。

Ｆｌｏｗｅｒに書いた歌詞で私が一番好きなのがこの曲です。

Dolphin Beach

さっきまでのスコールが嘘のようね
南十字星《サザンクロス》が空に刺さって
ベルベットの夜 Ah 南の島の匂い
暗闇であなたが今私に Kiss した

三日月が水面《ミナモ》に映って Shine on キラキラヒカル
イルカがその月と遊ぶみたいに跳ねた
Dolphin Beach Dolphin Beach
水飛沫浴びたら駈け出すから
お願いあなたは　追いかけてね　早く！
アクアマリンが消えた海は朝を　待ってるから

明るくなるその前に　抱き合いましょう
夏服を脱いだらAhそのまま飛び込むのよ
太陽が眠っている　暗い海水《ミズ》の中

言葉なんていらない　二人のMoonlight　それだけでいい
イルカが泳ぐ海　誰もいない楽園
Dolphin Beach Dolphin Beach
寝台の波にあなたと乗って
星座を見上げる　時を止めて！

寄せて返す気持ち　移ろいやすい　夏の恋の
熱を下げないでいて　帰りたくないの

言葉なんていらない　二人のMoonlight　それだけでいい
イルカが泳ぐ海　誰もいない楽園

三日月が水面に映って Shine on キラキラヒカル
イルカがその月と遊ぶみたいに跳ねた
Dolphin Beach Dolphin Beach
水飛沫浴びたら駈け出すから
お願いあなたは　追いかけてね　早く！

『熱帯魚の涙』の歌詞があまりにも暗くて、その暗さを引きずってしまいそうだったので、せめてカップリングにはすがすがしい歌詞を書きたいと思い、デモ曲の中で一番アップテンポで、かつ夏の匂いがするこの曲を、「カップリングはこれがいいです！」と、楽曲会議でちょっと強引に選ばせてもらった。

ハワイに行ったときに泊まったホテルにイルカがいて、南の島の夜とそのイルカを思い出しながら書いた。ちょうど、この曲をリリースした数か月後にＦｌｏｗｅｒがハワイに行く機会があり、「ハワイでDolphin Beach 聴いてみ。めちゃくちゃ浸れるから」とメンバーに言ったら、「みんなで夜のプールサイドで聴いてめちゃくちゃ浸りました」と素直で微笑ましい報告を受けた。

Ｈａｐｐｉｎｅｓｓの須田《すだ》アンナが先日、「『Dolphin Beach』、二人だけの幸せそうな世界を楽しんでいるのが想像できて、とても好きです」と言ってくれた。スダンナは、いつも私の歌詞をものすごく深く読んで、聴いてくれている。彼女はとても波瀾万丈な幼少期を過ごしていて、彼女の書く文章もまためちゃくちゃエネルギーがあるので、いつか須田アンナが書く自《じ》叙伝《じょでん》を読みたいと、私は密かに願っているのである。

C.O.S.M.O.S. ～秋桜～

出逢った事実《こと》がすでに　哀しい運命だったとしても
あなたも僕もきっと　傷ついてしまう… それでも

あなた情熱の嵐に咲いた秋桜　激しさを涙に閉じ込め
風に吹かれ　雨に撃たれ　綺麗に儚く咲いてる人

愛しすぎて誰にも言えないこの純真《おもい》が
僕たちを　無口にさせるよ　もう
ごめんと言えばあなたが消えそうで
壊れるくらい抱き寄せた

三代目 J Soul Brothers from EXILE TRIBE

淋しさ埋めるために　あなたを求めているんじゃない
離せない離したくない　諦められない… 純愛
「私だけのあなたじゃないからつらいの」と　一度だけ泣いたね　秋桜
それでもまた　僕のために　今夜もせつなく咲いてる人

愛してると何度あなたに伝えてみても
やるせなく　微笑むのは何故？　そう
紛れもなく結ばれた僕たちは
罪人なんかじゃない

薄い色してる秋桜が　触れ合うたびに鮮やかになってく
真っ赤に真っ赤に　肌を染めて　愛し合うそのたび赤くなる
愛しすぎて誰にも言えないこの純真《おもい》が

僕たちを　無口にさせるよ　もう
ごめんと言えばあなたが消えそうで
壊れるくらい抱き寄せた

愛してると何度あなたに伝えてみても
やるせなく　微笑むのは何故？　そう
紛れもなく結ばれた僕たちは
罪人なんかじゃない
罪人なんかじゃないよ

この歌詞を提出した際、とてもお世話になっているディレクターの佐藤達郎《さとうたつろう》さんに「『罪人なんかじゃないよ』で終わる曲ってめちゃくちゃ衝撃的ですね‼」と言われました。

自分たちは何も悪いことをしていないのに、他人からはそれが悪いことをしているように見える……。誰にも迷惑をかけているつもりはないのに、周りからは非難されてしまう……。反対されればされるほど、その恋にのめり込んでしまう……。そういうジレンマみたいなことを書くのが私は好きなんだと思う。若い頃に無防備で無自覚でわがままな恋愛を繰り返していたからこそであろう。

この曲の完成版を初めて聴いたとき、今市と登坂の歌声が妙に艶《つや》っぽくなっていて、「二人とも大人になったなあ」と、どこか淋しく感じました。私の目の前で、二人並んできっちりと前掛けをして、バクバクと急ピッチで焼肉と白米を食べていたあの頃が懐かしくなるくらいに（笑）。

Ｈｉｒｏｋｉ Ｓａｇａｗａさん作曲のこの曲は、難しい上にキーがめちゃくちゃ高い。作詞しておいてなんですが、酔ってカラオケで歌ってみたときに、ビックリするくらいつらかった。

久保茂昭《くぼしげあき》監督のMVがこれまた艶っぽくも美しくて、何度も何度も繰り返し観てしまいました。EXILEや三代目のプロデューサーであるHIROさんが常々、「久保監督はこちらのアイデアをものすごく的確に理解して素晴らしい映像にしてくれる」と言っていますが、歌詞に関しても同じことを思います。歌詞の奥深くまでを最高の映像で表現してくれます。

秋風のアンサー

初めてよね？　こんな風に　手を繋いであなたと歩くの
秋風に　吹かれながら　伝えたいことがあるのよ

今日まで私　言えなかったの
好きになるのが　ちょっとだけ怖かったの
ホントはね　あなたのことを誰よりも　愛してます…抱きしめて

いつだってあなたの背中ばかり見てた　ねえ　泣きたかった
青空を　燃やすように　赤く広がった夕焼けが　そう　私の恋です
溢れそうな想いを　ずっと隠していたの
困らせてばかりいたけど　ごめんね　好きなの

Flower

私より　あなたの方が　大人だってわかっているから
不安なのよ　だからお願い　この手を離しちゃだめなの

あなたに会うと　その優しさが
私の全て　包みこんでしまうのよ
今までは　知らなかったのこんなにも　せつなすぎる…愛しさを

少しずつほんの少しずつでいいから　ねえ　約束して
眠れない　長い夜　私が眠るまであなたは　そう　そばにいてください

あきれたりしないでね　わがままを許してね
だってあなただけが私　好きなの

秋の風はとても不思議ね　素直にさせてくれる

帰れないのよ　あなた知らなかった頃にもう
抱きしめて
いつだってあなたの背中ばかり見てた　ねえ　泣きたかった
青空を　燃やすように　赤く広がった夕焼けが　そう　私の恋です

少しずつほんの少しずつでいいから　ねえ　約束して
眠れない　長い夜　私が眠るまであなたは　そう　そばにいてください
あきれたりしないでね　わがままを許してね
だってあなただけが私　ごめんね　好きなの Answer to you

シングルの表題曲としては初めて、Ｆｌｏｗｅｒに若さと幸せが滲《にじ》むような歌詞を書きました。『太陽と向日葵』『白雪姫』『熱帯魚の涙』と、シングルではせつない世界観や悲しい世界観ばかり書いていたので、シングルの歌詞をたまにはみんなの実年齢に合わせて、嬉しくも胸がキュンとするようなものにしてあげないと、と思ったふしもあります。鷲尾が「小竹さん作詞のシングルでこんなに幸せな曲を歌えるなんて！」とすごく嬉しそうだったのを覚えている。いつもは笑顔が少ない歌合わせの場でも、この曲のときは笑顔が多かったのも思い出深い。スタッフや所属のみんなからの人気が高い曲です。

小林直己が、「これは名曲ですよ！」と真面目な顔で言ってきてくれて、嬉しくもなり、直己のそのはっきりとした物言いが妙に可笑《おか》しくなりました。

直己は真面目で、優しくて、いつも気を遣ってくれて、何より博学。いろんなことを知っているし、本当にどんな話題を振っても返してきてくれる。レコード会社で、三代目メンバーを交えての打ち合わせ

（確か、『Powder Snow ～永遠に終わらない冬～』のＭＶの打ち合わせ）が早く終わった日、原宿のカフェで、昼間から夜まで酒も飲まずに直己と二人で話していたこともあります。そのときに、今まで知らなかった直己の半生を知ることができ、今まで以上に直己が好きになりました。それ以来、どんな場でも、直己がいてくれるとなぜか安心する。私にとって、「頼りがいのある男」、それに尽きます。

Flower Garden

Welcome to my love Welcome to Flower
Welcome to my love Welcome to Flower

忙しすぎる毎日はなんて素敵なの！
四六時中精一杯の Every single day
思いきり空に手を伸ばしても　太陽は
摑めないけど　未来なら　摑めるのよ

ほらココに
あなたがいて　私がいるの
それだけでもう Like a flower garden
雨上がりは　虹が咲くでしょ？

泣いたあとには　笑顔が咲くわ
I feel YES! I feel YES! I feel YES! YES!
昨日と明日を今日がつなぐ
あなたがいて　私がいるの
おんなじ夢を見てるの

目の前にはいろんな進路が　広がるわ
私たちがホントに欲しい宝物は何？
出逢いとさよならを繰り返したなら　わかるのよ
愛しい人は　永遠に　愛おしいって

今ココに
あなたがいて　私がいるの
バラ色の日々 Like a flower garden

誰だってね　そうよ誰かに
愛されながら生きてる

ねえあなたが　もしも　悲しいとき　迷うとき　私は微笑ってる
胸の奥に　みんながきっと
見えない翼　持っているのよ
信じていて　忘れないでね
飛んで行けるはずよ Brand-new world

あなたがいて　私がいるの
それだけでもう Like a flower garden
雨上がりは　虹が咲くでしょ?
泣いたあとには　笑顔が咲くわ
I feel YES! I feel YES! I feel YES! YES! YES!
昨日と明日を今日がつなぐ

あなたがいて　私がいるの
おんなじ夢を見てるの

Welcome to my love Welcome to Flower
夢を見てるの…
Welcome to my love Welcome to Flower

Ｆｌｏｗｅｒには、恋愛の歌詞ばかり書いてきたので、ここら辺でＦｌｏｗｅｒファンの方々が笑顔になるような、そしてメンバーも気持ちが晴れやかになるような歌詞を書こう！　と思い、書いた詞です。ＬＩＶＥでとても盛り上がる一曲です。

二〇一六年のＦｌｏｗｅｒのツアーでは、この歌詞がスクリーンに映し出されていたのだが、それを観ていたＥＸＩＬＥの佐藤大樹《さとうたいき》が、「この曲の歌い出しの『忙しすぎる毎日はなんて素敵なの！』の歌詞で引き込まれて、気がついたらずっと続きを目で追っていました。ちょうどメンタル面で落ち込んでいたときだったので、ものすごくこの歌詞に励まされました」と連絡をくれた。

どちらかと言うと、ほとんどの歌詞に、「泣きました」とか「昔の恋を思い出しました」とか「今の自分にグサリと刺さりました」と言われがちな私ですが、大樹のように、私の歌詞で前向きになってくれる人がいるのは、とてもありがたいし嬉しいことです。せつなさや悲しみだけに焦点を当てるのではなく、これからは聴いてくれる人が元気になるような、明るくなるような、そういう歌詞ももっと書いていくべきなのかもしれません。

佐藤大樹は、私と「同じ好奇心」みたいなものを持っている気がする。よく一緒に食事をしたり舞台を観に行ったりします。

Mr.Snowman

E-girls

（Snowman...Snowman...wowwow...）

黙ったまま雪の中に　立ちすくんでるから（You are)
あなた全身真っ白だわ　早く何か言って？
キラリキラリ光ってる初雪がホラ
生まれたばかりの流れ星みたい

あなた！私のSnowman Snowman Snowman
そのハート　今すぐ溶かしたい
手を取って　駈け出して　冬の空飛んで行きたいの
Candy Cotton Candy 恋はねぇ　雪より甘いのよ？
もう！イヤになるじれったい

もう！私から Kiss しちゃうわ

街の色はすっかりそう　クリスマスカラーで（Twinkle）
腕を組んだ恋人たち　みんな楽しそうね
ひとりきりじゃ肌寒いこんな季節は
抱きしめてみてよ熱くなるくらい

あなた！私の Snowman Snowman Snowman
この冬の恋人候補です
吐き出した白い息「I Love You」を　乗せてください
Candy Cotton Candy 舞い踊る雪さえ溶けるような
ねえ！ときめきが必要よ
ねえ！私から抱きしめるわ

(Don't you know? You are my Mr.Snowman..Snowman)

胸の奥　ひとひらの　粉雪が堕ちてきたわ
風邪をひいちゃうの　このままじゃ私 So Please!!

あなた！私の Snowman Snowman Snowman
そのハート　今すぐ溶かしたい
手を取って　駈け出して　冬の空　飛んで行きたいの
Candy Cotton Candy 恋はねえ　雪より甘いのよ？
もう！イヤになるじれったい
もう！私から Kiss しちゃうわ

(I'm waiting for your kiss.. I'm waiting for your love..Snowman..)

この、私にしてはとてつもなく明るい歌詞の曲がリリースされた頃(二〇一四年)、私は三代目、Flower、その他にもたくさん、主に冬のバラード曲を作詞させていただいていたので、それらの歌詞との差別化を図るために、そして自分の中の明暗スイッチみたいなものを切り替えるために、HIROさんにも相談して、「花空木《はなうつぎ》」というペンネームで作詞させていただきました。

花空木名義では、E-girlsの『Mr.Snowman』『自由の女神～ユーヴライア～』『Anniversary!!』と、どれもアップテンポのPOPな曲に詞をつけさせていただきましたが、なんか、何を書いても、どんなに自分らしくないように書こうと試みても、結局は歌詞が小竹正人っぽくなってしまうので、別に名前を変える必要もないなと、花空木はこの三曲だけで短い作詞家生命を終えてしまいました。またいつか、ひょっこりと顔を出すかもしれませんが。

久保監督が撮ってくれたMVは、E-girlsのみんながそれぞれ童話のキャラクターのような装いで登場してきて、アニメーション映画を観ているような楽しい気持ちになります。

　ちなみに、ペンネームを何にしようかと悩んでいたところ、「花と空と木で、花空木は？　空木って書いてうつぎって読むんだよ」と提案してくれたのは小泉今日子さんです。歴代の私の飼い猫の名前が「花子」と「空子」なので。もし次に我が家に猫がやってきたら、「木子」か「木太郎」にします。本気で。

青いトライアングル

ごめんね　ごめんね　ごめんね…言葉にしかけてたの
言えない　言えない…それでも　あなたに言えなかった
あんなに　笑ったり　泣いたり　毎日一緒に過ごしていた私たち
どんなに願っても　ふたたび響くことのない青いトライアングル

「恋人《カレ》ができた」とあなたが紹介してくれたその瞬間に
彼のことをそう　好きになった私が悪いの

責められても仕方のない　張り裂けそうなせつない感情が生まれてから
逢えば逢うほどに　それが恋と気付いてしまった Blue

いけないことだとわかっているから　何度も忘れようと思ったけれど

Flower

だけどもう壊れてしまった　あなたと私と彼のトライアングル

目と目が合うと　いつも先に目を逸らしているのは私
事実を知らないあなた　裏切ってるの怖くて

思いつめた表情《カオ》で彼が　ぎこちなく私を抱きしめた夜が明けた朝
同じ秘密と同じ罪を　背負ってしまったBlue

あなたの涙もあなたの笑顔も　私を許してはくれないのなら
このまま壊れたまんまの　あなたと私と彼のトライアングル

ごめんね　ごめんね　ごめんね…言葉にしかけてたの
言えない　言えない…それでも　あなたに言えなかった

あんなに　笑ったり　泣いたり　毎日一緒に過ごしていた私たち

どんなに願ってもふたたび響くことのない青いトライアングル

レコード会社の人から、「『青いトライアングル』の反響が大きいです。歌詞検索回数も伸びてます」と興奮気味に報告を受けたのを思い出す。これはＦｌｏｗｅｒのアルバム『花時計』の中の、どちらかと言うと、あまり脚光を浴びないポジションにあった一曲で、実は私もそこまで思い入れが強い楽曲ではありませんでした。

主人公が親友の彼を好きになってしまう……、言わばとんでもなく嫌われるような女の、Ｆｌｏｗｅｒ史上最もドロドロした歌詞で、賛否両論あったのですが、どっちにせよ、人は恋にドラマや事件があると好奇心が増すのだなあ、なるほど、と思いました。

私の周りに居る人の中で、作詞家・小竹正人の一番のファンでいてくれるのは、間違いなくＥ－ｇｉｒｌｓ／Ｈａｐｐｉｎｅｓｓの楓《かえで》なのだが、楓からラインが来て、「小竹さん、ヤバいです、ヤバいです、ヤバいです。『青いトライアングル』、ヤバいです」と、ものすごく熱く歌詞の感想を書いてくれた。

楓はＥＸＰＧ（EXILE PROFESSIONAL GYM）育ちなので、彼女がま

だ子供の頃から知っている。素直で無垢《むく》で可愛くて、自分の娘のような気持ちになります。「小竹さんの歌詞がないと楓は生きていけません」と、『Heavenly White』以降、私のすべての歌詞でいつも妄想を膨らませてくれているところもありがたい限り。私も歌詞を書くたびに、楓はこの歌詞をどう受け止めてくれるんだろう？　と、ついつい思ってしまう。

ライブで、Ｆｌｏｗｅｒの中島美央《なかじまみお》が、今まで見たことがないくらい情熱的にこの曲をソロでパフォーマンスしてくれたことも思い出深いです。

starting over

一体何処から　聞こえるのだろう?
誰かが僕を呼んでいる
祈りにも似た　シュプレヒコール
悲痛に響くんだ in my heart

過去《きのう》がつくりだした　暗闇に迷ったならば
pride に　光をまた灯して　歩き続けていて欲しい

この星に生まれ…　生きる　その意味を今　もっと深く見つめたい
夢の先に別の夢があるって気付かせてくれた　あなたと

三代目 J Soul Brothers from EXILE TRIBE

一瞬にして　壊れるものが
そこら中に溢れている
果てない人生《みち》を　進んで行くと
生命《いのち》が叫んだりもする

それでも希望だけは閉ざされることはないんだ
巡り巡ってたどり着く場所に　きっと幸せはある

この星で　もしも僕が　何か伝えることができたとしたなら
未来を一生懸命信じて欲しい　同じ時代《とき》を生きる人に

世界のニュースでは昨日も今日もずっと
やるせない場面ばかり流れてる
けれどこの地球より綺麗な星は存在しないさ「ありがとう」oh wowwow

だから僕は前へ前へ進むよ　僕には僕のゴールがある
そこであなたがあなたが笑ってることを願いに変えて…

この星に生まれ…　生きる　その意味を今　もっと深く見つめたい
夢の先に別の夢があるって気付かせてくれた　あなたと
starting over ohoh...

三代目の二〇一五年のツアーのテーマソングでした。「今までの三代目、これからさらに進んで行く三代目、そして三代目を応援してくれるファンの皆さんのことを思って書いてください」とHIROさんに言われて作詞しました。その言葉があったので、悩むことなくスラスラと書けた歌詞。歌詞を提出して、今市・登坂には『シュプレヒコール』は、様々な人の心の叫びとか嘆きとか、そういうニュアンスで歌ってください」と、それだけを伝えました。隆二にも臣にも、アーティストとして次のステージに踏み出す決意のエネルギーが充満しているとすごく伝わってきていて、気がつけば、二人とも揺るぎないプロ意識を持つヴォーカリストになっていた。だから『starting over』(再出発)というタイトルにしました。

GENERATIONSの佐野玲於《さのれお》が、「一番好きな曲です。百万回聴きました」と言ってくれます。私と玲於の関係性は、完全に親と子です(笑)。佐野玲於もEXPG育ちで、まだほんの子供の頃から知っていた。玲於はあんなに子供なのに果たしてこの世界でちゃんとやっていけるのだろうか、と、いつもハラハラしながら見守っていた。しょっちゅう二人で、しかも、中目黒界隈ではなく、我々にとって魂の故郷のような町・中野の近郊で食事や買い物をしていた。波長が合うからか、無口で無愛想で、前に出るタイプの少年ではなかった玲於が、私には妙に心を開いていた。だから、ものすごく厳しくしたし、ものすごく甘やかしもした。そしていつの間にか、玲於はきっとこの世界で成功するんだろうな、と思うようになった。いや、成功してくれないと困る!!

そんな玲於も二十歳を過ぎて、一緒に酒を飲めるようになり、自分の息子と酒を飲むとこんな感じなんだろうな、と疑似体験ではあるが、父親気分にさせてもらっている。ただ、玲於の酒の飲み方も酔っぱらい方も私にそっくりなのである。未成年の頃にシラフで、散々酔った私を観察していたのだと思う。玲於、忠告する！　あの酔い方はやめなさい!!

Blue Sky Blue

（綺麗…）
風の色が Every moment 鮮やかに変わる
踊る光の粒 Such a beautiful day
気の早い初夏《なつ》の花たちが　蕾をつけてる
離れ離れの二人は「逢いたい」って言い合うたび強くなるのね
次の待ち合わせは　新しい笑顔纏《まと》って　あなたへと駈け出すわ
同じ空を見てる私たちの恋は
ずっとずっと続くって信じながら
あなたがいなくてもあなただけのために
綺麗でいたいと想う Blue sky blue
（綺麗…）

来月また逢えるときは　足音立てずに
フワリ背中越しに　抱きしめたいの
私の髪が伸びたことに　気付いてくれるかな
今日の空はまるで　私たちの恋ね
ゆっくり流れて消える涙雲《なみだぐも》
あなたの住む街に　たどり着いたならば
この想いを伝えてよ Blue sky blue

緑が萌えてる　青い初夏《なつ》の匂い
深呼吸して「逢いたい…逢いたい…」って
せつないけど　幸せになる　コトバなの

今日の空はまるで　私たちの恋ね
ゆっくり流れて消える涙雲《なみだぐも》

同じ空を見てる私たちの恋は
ずっとずっと続くって信じながら
あなたがいなくても　あなただけのために
綺麗でいたいと想う Blue sky blue

ずっとずっと続くって信じながら
あなたがいなくても　あなただけのために
綺麗でいたいと想う Blue sky blue

選曲会議で「次のFlowerのシングルはこの曲にしましょう」と言われ、最初は、えっ、この曲？　と、イマイチ自分的にはしっくりきていなかった曲です。化粧品のCMソングになることが決まっていたので、初夏の綺麗な女性を想像し、イメージは「爽快な青」にしようと思いながら書きました。歌詞の中に「青」を多用する癖が私にはある。

歌詞を書き終えて、いつものように鷲尾と歌合わせをして、レコーディングが終わり、マスタリング済みのものを聴いたときにもまだ私の中ではこの曲がしっくりきていなかった。マネージャーの村山《むらやま》氏に「この曲、あんまり好きじゃないな」などとつぶやいたりもした（笑）。Flowerと私のマネージャーを兼任してくれている村山氏は「僕はものすごく好きです」と困ったような顔で言っていた。

ところが、曲ができあがってみると、HIROさんを始め、レコード会社の偉い方、Flowerメンバー、Flower担当のスタッフ、楓に石井杏奈に須田アンナ、みんなこの曲を誉めてくれた。私は、他人事みたいに、そうなのか……と思っていた。

そして、リリースから一年以上経った二〇一六年。Ｆｌｏｗｅｒのライブを観ていて私は突然、しかもやっと、思ったのである。「『Blue Sky Blue』ってめちゃくちゃいい曲じゃん」と。

たまにあるのだ、自分で書いておきながら最初はまるでしっくりこなくて、あとからものすごく好きになる曲が。精神状態なのか何なのか。

ちなみに、過去の作品には、最初からしっくりこなくて、今でもしっくりこない、自分的にいわゆる「封印したい歌詞」もたくさんあります。過去の自分の作品も全部含めて胸を張って「作詞家です」と言うには、私はまだまだ未熟なんだと思います。

Anniversary!!

E-girls

Wow... Like California girls Like California girls

悪戯なクチビルたち Uwa uwa woo（Uwa uwa uwa）
騒ぎだしたらまたまた Party timing（Party party party）
ヒトリ、フタリ、と加わって
Convertible に乗り込んだら Let's drive!
夢を集めましょうよ

How do you How do you How do you feel it now?
やりたいこと全部やらなくちゃ
若さなんてあっ！と言う間に消える

毎日が Anniversary みたいにきらめく Diary（Diary）
夏まではもう待ってらんない　風が気持ちよく吹くから
キミと私が行きたいところはいつでも Paradise... That's it!
そうよ！
つまんない時計はめたら
つまんない時間過ごすのよ
Non non non
Yes yes
大事なのは今よ

夜になったら砂漠に Uwa uwa woo（Uwa uwa uwa）
ナミダがでるくらい綺麗な星が降る（Foo loo foo loo foo loo）
夜風を冷たく感じたら
くっつきながら眠ってみましょうか？

それも素敵でしょ　ねえ

What do you What do you What do you think about?
朝の光浴びて目覚めたら
ほらねもうヒトツ　記念日また増える

新しいことばっかり溢れてるのよ Everyday（Everyday）
見逃したらきっと一生　後悔をしちゃうかもね
キミと私が欲しいものは麗しき Memories... That's it!
そうよ！
つまんない Life style じゃ
つまんないオトナになるのよ

Happy days happy end 映画の中で　見たことがある場面全部
経験したい With you

Ah ah ah Ah ah ah Wow wow
Ah ah ah Ah ah ah Yeah yeah
ワクワクしたい！ How about you?

毎日が Anniversary みたいにきらめく Diary
夏まではもう待ってらんない　風が気持ちよく吹くから
キミと私が行きたいところはいつでも Paradise... That's it!
そうよ！
つまんない時計はめたら
つまんない時間過ごすのよ
Wow wow
Paradise!

And I'm calling you

花空木名義で書いた詞です。これを書いたときに、「花空木って実は小竹さんでしょ?」と何人かに言われるようになり、すみません、という気持ちになりました(笑)。

私は一時期LDHで、E-girlsの教育係的な役割を担っていて、かなりガチでその任務に日々エネルギーを費やしていた。作詞にかかる時間よりもE-girlsにかかる時間の方がずっと多かった年もある。Happiness、Flower、石井杏奈、山口《やまぐち》乃々《のの》華《か》、武部《たけべ》柚那《ゆずな》は、ここ数年毎日、日々あったこと、感じたことを日記のように、報告のようにメールで私に送ってきてくれる(Dreamのメンバーはすでに責任のある大人と見なしているので、除外しています)。

女子は本当に難しい。男の所属メンバーたちの潔《いさぎよ》い感じや将来を見据えての覚悟のようなものが、女子からはなかなか伝わりづらい。彼女たちと接していると、「女子」という生き物の核がすごくわかってくる。身内のひいき目ではなく、E-girlsのメンバーは皆、そこらへんにいる私が知っている若い女子たちよりもずっと礼儀正しいし、我慢強い。性格も素直で本当にちゃんとしている。ただ、幼い頃からこの世界にいて、普通の子が知っていることを全然知らなかったりする。そこをしっかり教えるのが私の役目なんだと思う。

で、この曲『Anniversary!!』の歌詞に、「若さなんてあっ！と言う間に消える」「つまんない時計はめたら つまんない時間過ごすのよ」「つまんない Life Style じゃ つまんないオトナになるのよ」と、いつもメールでＥ－ｇｉｒｌｓメンバーに言っているようなことを書いています。大人になるとはっきりとわかるのだけれど、古今東西、まともな大人の言うことって実はすごく正しい。私もそうだったが、若いときってなんで大人の言うことを疎《うと》ましく受け取ってしまうのだろう。

バラード曲の歌詞が多い私ですが、この曲のようにＰＯＰで明るい曲に歌詞をつけさせていただくと、自分の書いた歌詞でＳＡＹＡＫＡやＹＵＲＩＮＯがキレッキレで踊ってくれるのを見ることができ、すごく嬉しくなる。ちなみにＹＵＲＩＮＯは、『自由の女神～ユーヴライア～』と『Anniversary!!』が、パフォーマンスをしていてめちゃくちゃ楽しいそうです。『自由の女神』も花空木の歌詞です（笑）。

ドレスを脱いだシンデレラ

Dream Ami

(Love for you...)

背中合わせで　あなたにもたれかかったら
頭　ポンと叩いて　私の髪を撫でた My Prince

セツナサがシアワセに変わって　離れられなくなるのよ
痛いのは最初だけなんて嘘　逢えば逢うほどに痛い
I love you

ドレスを脱いだシンデレラ　もどかしいほどあなたが大好き
Kiss だけじゃもう　足りないわ　抱きしめて　素肌の私を
三日月が見ているけどね

(Do you know I'm in love with you?)

昔々ママが「女の子は笑ってなさい」
いつもそう言ってたわ　だから私笑ってるの

悲しくなんてない振りをして　鏡に向かい Makin' smile
でもね　あなたに逢えない夜には　本当に泣きたくなるわ
I love you

大人になったシンデレラ　あなたにだけは知って欲しいのよ
ティファニーブルーの　朝空　二人きり　浮かんだならば
私　あなたに溶けるのよ

ピンクシャンパンの　ボトルの中にいるみたい

恋してるときの方がしてないときより
女は綺麗に　なれるの「今」
ドレスを脱いだシンデレラ　もどかしいほどあなたが大好き
Kiss だけじゃもう　足りないわ　抱きしめて　素肌の私を
三日月が見ているけど
私　全然　構わない

(Baby...I'm in love with you)

Ａｍｉのソロデビュー曲です。プロの作詞家としてちゃんと物語を描けている作品だと自負しています。Ｄｒｅａｍとは長い付き合いなので、Ａｍｉの声の特質、かもしだす雰囲気、彼女が歌ってしっくりくる言葉、そういうのがはっきりとイメージできます。だからこの歌詞もあっという間に書いた。Ａｍｉに作詞するときは、他のアーティストのときとは全く異なるＤｒｅａｍ Ａｍｉだけの世界観を描くようにする、可愛さの中にどこか大人の色香《いろか》が滲む歌詞にする、この二点を意識して書いています。

Ｅ－ｇｉｒｌｓの中で最もプロ意識が高い一人がＡｍｉだと思う。彼女と仕事をするときは完全にプロ対プロですべてが進行していく。だからこそ、Ａｍｉには歯に衣《きぬ》きせずに容赦なく発言したい。そこに、年下だからとか女性だからとか傷ついたりするかもとか、そういった遠慮は交えない。

私は作詞家の中でもかなり稀なタイプで、ここ十年くらいはほとんどが公私共に知っている大好きなアーティストにしか歌詞を提供していない。それは作詞をする上で、ものすごい強みになっていて、言葉選びや世界観に迷いが生じない。やる気が倍増する。その方が私の歌詞が活きることをプロデューサーであるＨＩＲＯさんもわかってくれている。本当にありがたい環境です。

マジックタイム

風の吹く丘に　ひとりで来たのよ　夕暮れ少し前 Ah
この場所からは　私たちの住む街が　とても　よく見えるわ

今頃　あなた　何をしてるかな?
私のことを　想ってくれてる?
ねえ　なんだかあなたの声が空耳で　聞こえてくるの

大空の下　私なんて　本当にちっぽけな存在でも
ありがとう
「君が好き」って　あなたの気持ちが伝わる…Magic Time

Dream Ami

私が涙に　濡れたあのときに　なんにも聞かずに Ah
あなたはずっと　隣にいてくれたね　すごく　嬉しかった

平気なふりで　いつも強がっている
私のことを　わかってるから
ねえ　言葉よりずっと　大事な温もり　胸に溢れた

今きらきらと　ひとつ光る　一番星へと誓ったの
ありがとう
私の夢は　あなたを幸せにすること…Magic Time

夕焼けのあとの　空が薄紫になる時間
それを〝Magic Time〟そう呼ぶの　素敵でしょう？
あなたとふたりでいたいな

大空の下　私なんて　本当にちっぽけな存在でも
ありがとう
「君が好き」って　あなたの気持ちが伝わる…Magic Time

夕焼けのあとの、空が薄紫になる時間、夜の一歩手前の時間、それをマジックタイムと言って、女性が一番綺麗に見える時間だそうです。

私は普段、自宅にある大きな机に向かって作詞している（クルミの木から作られた大切なこの仕事机は上戸彩さんが数年前の誕生日にプレゼントしてくれた）。けれど『マジックタイム』を書いた頃は、何曲もの締切が重なっていて、しかも新潟の実家に住む父親が重病で入院していたので、しょっちゅう日帰りで帰省していた。この曲は実家に向かう新幹線の中で書きました。平日で車内がガラガラだったこと、時間が夕暮れどきだったこと、帰省の理由が寝たきりの父親の見舞いだったこと、バラード曲に歌詞をのせるのには案外しっくりくる環境だったのかもしれません。だからこの歌詞には郷愁《きょうしゅう》のようなものが詰まっています。幸せな恋人たちを描いたつもりが、どこかそこはかとなく暗い（笑）。新幹線の中でフルコーラス分の歌詞を書いたのは後にも先にもこの曲だけです。

E-girlsで楽しく歌っているAmiの声とは一味違った、しっとりと大人なＤｒｅａｍ Ａｍｉの声が優しくも寂しくて、彼女はいつの間にかすごく歌がうまくなっていると、改めて気づいた一曲です。『マジックタイム』は随分と長い間、大手家具メーカーのＣＭソングとして流れていて、そのＣＭでこの曲が流れるたびに、リリース後に逝ってしまった父親のことを思い出したりしていました。

キミに逢いたい

あれから何年　経ったのでしょうか？
私は今でも　キミを忘れられない
懐かしいあの曲を　耳にするたびに
思い出す場面全部　キミが映るよ Ah

(Something sad)　涙なんて
(Something blue)　見せないまま
つよがりで終わった My first love

初めての恋は　永遠に胸の中
消えてはくれない　教えてよ　そういうものなの？

Dream Aya

戻れない恋を　今更泣いたって
仕方ないと　わかっているけど…　キミに逢いたい

私よりずっと　背が高いキミは
斜めに傾きながら　頭を撫でてくれた
心地いい低い声　聞きながら眠った
青い夜が好きだった　キミの隣 Ah

(Something sad)　優しすぎて
(Something blue)　辛くなる
それくらい優しかった人

キミの悲しそうな　笑顔が見たくてそう
悪戯にわざと　冷たくして困らせていた

若すぎた恋を　今更悔やんでも
遅すぎると　わかっているけど…　キミに逢いたい

本気で抱きしめてくれたのは　私にはねえ　キミだけで
本気で愛してくれた人も　キミだけだったんだね

初めての恋は　永遠に胸の中
消えてはくれない　教えてよ　そういうものなの？
戻れない恋を　今更泣いたって
仕方ないと　わかっているけど…　キミに逢いたい…
キミに逢いたい……

Dreamと私は同じ時期に同じ事務所に所属した、いわゆる「LDH同期」なので、数えきれないくらい様々な思い出がある。そして、Ayaは、私の中ではDreamで一番泣き虫なイメージがあった。一見、明るくて楽しい印象なのだが、実は情に厚くて感激屋で怖がりで、私は彼女が泣くのを何度も見てきたから。

そんなAyaがある日、E-girlsのリーダーに任命された。いつの間にかAyaはE-girlsの中で一番年上で一番責任感が強くて一番のしっかり者になっていた。いや、ならざるをえなかった。

彼女はたくさんの時間とエネルギーをE-girlsに費やしている。私も私でE-girlsの教育係的なことをやっているので、必然的にAyaと連絡をとる頻度が相当高い。何度もAyaと私が中心になって、メンバー会議や打ち合わせをした。Ayaと二人だけで緊急会議をしたこともある。夕方に始まった深刻な話し合いが深夜までおよび、二人とも空腹で、コンビニに走ったりもした。冷たくてパサついたサンドイッチを真夜中の会議室で一緒に食べていたら、隣にいる小さなＡｙａがいつもより更に小さく見えて、何とも言えない心持ちになり、「Ａｙａ、こうやってさ、二人で真夜中の会議室で地味にサンドイッチを食べたこと、いつか絶対に笑って話す日が来る！」と、かなり唐突に彼女に言った。二人で少しだけ笑った。

二〇一五年にリリースされた、Ｄｒｅａｍの新曲『ブランケット・スノウ』の歌詞を書かせていただいた。そのカップリング曲候補としてこの曲があった。私が一番好きなテイストの、とてもせつないバラードだった。この曲を初めて聴いたときに、Ａｙａのソロ曲を作詞したい、一緒にいろんな困難に対峙《たいじ》してきたＡｙａのために詞を書きたい、そう切実に思い、ＨＩＲＯさんに自分からお願いした。ＨＩＲＯさんは何でもお見通しなのである。なぜこのタイミングなのか、何も説明しなくても深いところまで理解して快諾してくれた。そして、「リーダー」と「教育係」ではなく、「アーティスト」と「作詞家」として書き上げたのがこの『キミに逢いたい』である。もちろん、Ａｙａから聞いた実体験を思い出して、それを私なりに脚色して書いた。

ラッキー7

天国《heaven》それとも地獄《hell》…それはあなた次第
ポーカーフェイスで私に挑んでね
シャンデリアに映る Dress 黒く揺れている
恋なんていつもそう　勝つか負けるかなの
仕掛けたはずが逆に仕掛けられて
同じ眼になってる Will you be mine tonight?
ラッキーセヴンが出たなら　あなたに私をあげるわ
確率が低い方が　Ah 燃えるの
アプローチはあなたから　私　肌にラメを塗って
その指が廻すルーレット　見てるわ

It's like a bitter game, like a sweet game

ぬるいリアルより熱いスリルに迫られ Tight
Don't ask me why! Just close your eyes
and make a wish by yourself

アレもコレも欲しいなんて　都合良すぎでしょ?
ハラハラしどおしのゲーム続けましょう
ダイヤモンドより硬くて綺麗な　あなたを身に着けて生きてみたい
ラッキーセヴン射止めてよ　あなたにかしずいてあげるわ
シャッフルしてるカードを　1枚
あなたが引いてもしそれが　ハートのセヴンだったら
今夜ヒトツになるのよ You and me (Now play)

果てしなく広がった砂漠の中　きらめいた街が在る
夜を射し乱れ飛ぶレイザービーム　眠らない街が在る

ラッキーセヴンが出たなら　あなたに私をあげるわ
確率が低い方が　Ah 燃えるの
アプローチはあなたから　私　肌にラメを塗って
その指が廻すルーレット　見てるわ

果てしなく広がった砂漠の中　きらめいた街が在る
(Have you ever been there?)
夜を射し乱れ飛ぶレイザービーム　眠らない街が在る…Seven for me!

Ｆｌｏｗｅｒのメンバーが六人になってから最初のシングル『瞳の奥の銀　河《ミルキーウエィ》』に収録された曲。シングルの候補曲として残っていたのがどれもこれも素晴らしい曲で、しかもすべて違った印象の曲たちだったので、このシングルには四曲収録することになった。『瞳の奥の銀　河《ミルキーウエィ》』『Imagination』『Virgin Snow〜初心〜』、そして、意外だと思われそうだが、私が一番好きだったのがこの『ラッキー7』である。

今までのＦｌｏｗｅｒにはなかった激しい曲。しかし、Ｅ－ｇｉｒｌｓがカバーした山口百恵《やまぐちももえ》さんの『ロックンロール・ウィドウ』での鷲尾の歌声を聴いて、彼女は激しく歌うときに、バラードのときとはまた違った魅力がある、せつなさより強さを感じさせる歌声も彼女の武器だ――そう思っていたし、中島美央、重留真波《しげとめまなみ》、藤井萩花《ふじいしゅうか》、佐藤《さとう》晴美《はるみ》、坂東希《ばんどうのぞみ》たち五名のパフォーマーもこの曲を見事に表現してくれるとわかっていたから。

後述の『Unfair World』のエッセイに詳しく書いているのだが、私は若い頃にしょっちゅうカリフォルニア州のロスアンジェルスからネヴァダ州のラスヴェガスに行っていた。歌詞にあるように、果てしなく広がる砂漠の道を延々と進むと、砂漠の中にいきなりきらめいた町が出現するのである。そのドライヴと、ヴェガスのカジノにいたドレスアップした大人の男女を思い浮かべながら歌詞を書いた。普段はあまり書かないラップの歌詞を、韻をふみながら書くのがことのほか楽しかった。

Virgin Snow 〜初心《はつごころ》〜

教えてください　あなたどうして　私のことを選んだのですか？
愛されるって…愛するのって…　苦しいくらい　幸せなのね
白く吐き出す息が　二人の視界曇らせるから
唇キュッと結んで　ずっと黙ったままであなたを　見つめたの

雪が降る　愛が降る　不意にあなたは　私を抱き寄せて
「こうすれば　あったかい」そう言って　寒さごと　包んでくれた
あなたからの Virgin Snow

温もりなんて　知らなかったわ　無理に笑えば胸のどこかが
傷つくような　汚れるような　そんな気がして　笑えなかった

止まない粉雪の中　今はこんなに笑えるのは
あなたが私の花を　そっと咲かせてくれたからなの　冬の夜

雪が降る　雪が咲く　あなたといると　全然寒くない
初心《はつごころ》　初涙《はつなみだ》　初雪に　何もかも　キラキラ光る
私だけの Virgin Snow

白より真っ白な　心であなたが私だけを　愛してくれたから
私は自分を好きになれたの

雪が降る　愛が降る　不意にあなたは　私を抱き寄せて
「こうすれば　あったかい」そう言って　寒さごと　包んでくれた　Ah
雪が降る　雪が咲く　あなたといると　全然寒くない
初心《はつごころ》　初涙《はつなみだ》　初雪に　何もかも　キラキラ光る
私だけの Virgin Snow

前述しているように、この曲も『瞳の奥の銀河《ミルキーウェイ》』のカップリング曲です。

これは詞先で書いた曲なのだが、「はじめに……」でも触れたとおり、この二十年で私が詞先で書いた曲はEXILEの『Bloom』とこの曲だけです。

この曲がなぜ詞先になったか、それは私の大失敗が原因なのである。

とある曲にこの歌詞を書いて提出したところ、スタッフが皆、「小竹さん、どうやっても曲に歌詞がはめられません」と言うので、「えっ?」となり、調べてみたら、なんてことはない、私は全然違う曲、遠い昔に何かの候補として残っていて私のパソコンの中に何年も眠っていた別の曲を新曲だと思って歌詞をつけていたのである。あわてて、正しい候補曲に新しい歌詞をつけ、無事にレコーディングも済ませ、さて、ではこの『Virgin Snow』をどうするか? となったときに、レコード会社のFlower担当の平井《ひらい》氏が、「小竹さん、もったいないからこの歌詞に曲をつけてもらいましょう」と言ってくださり、無事、日の目を見たのである。これがまた嬉しい誤算で、百曲以上のデモ曲が集まり、すばらしい曲がめちゃくちゃたくさんで、今度はどの曲にするか、みんなで途方に暮れるくらい長い時間悩んだ。

White Angel

You know, angel?
I'm proud of having love like this
I'm proud of it... angel

まるで夢のよう　全てが雪に覆われて
まるで真っ白な海原《うみ》を　キミと見てるみたい
つむじ風が吹いて　二人　笑い合った　真冬の dream fantasy

去年のクリスマスに（white angel）キミに出逢ったんだ
忘れられるはずないよ
今だから言えるけど（white angel）ボクはあの瞬間に
「天使に逢ってしまった…」本気でそう思っていたんだ

E-girls

wow... wow... you are my flower, angel
wow... wow... 聴こえる happiness

どんな青春をキミは過ごしてきたのかな?
どんな悲しい時間を　乗り越えてきたのかな?
信じられない事実《こと》を「奇跡」と呼ぶなら　キミはそう「奇跡」

街の灯りよりずっと（white angel）眩しい雪景色
キミとここに来たかった
幸せすぎる気がして（white angel）思わず「ごめん」と言ったら
キミは不思議そうに　ボクを見つめた

いつからか他人《ひと》を愛するなんて

忘れてしまったボクにとってキミは
神様が逢わせてくれた
本物の天使だよ

So holy!
Christmas light Christmas time
キャンドルを雪に並べて Pray
Christmas light Christmas time
二人の影を並べて Pray
聖なる夜に Pray for you 聖なる愛誓いながら
Christmas light Christmas time
(Let me be your love forever)

去年のクリスマスに（white angel）キミに出逢ったんだ

忘れられるはずないよ
今だから言えるけど（white angel）僕はあの瞬間に
「天使に逢ってしまった…」そう思っていた（white angel）

wow...wow...you are my dream, angel
wow...wow...聴こえる happiness
wow...wow...you are my flower, angel...

私にとって二〇一五年の終わりが、作詞家としてはピークに忙しかった。三代目、ジェネ、E-girlsにFlowerなど、とにかくたくさんの詞を書かせていただいた。一週間に締切がいくつもあり、頭の中がグチャグチャになると思いきや、そんなときに限って詞が面白いくらいスラスラと書けるんです。今回この本の出版を提案してくださった幻冬舎の社長の見城徹《けんじょうとおる》さんが、「連続してたくさん書かなきゃならないときほどすごくいいものが書けたりするんです」と以前おっしゃっていて、当時はその意味がわからなかったし、いいものが書けたかどうかは定かではないが、とにかく、異なるアーティストに十曲以上の歌詞を続けざまに書いたにもかかわらず、行き詰まることなく、作詞できた。

一緒に仕事をさせていただいているレコード会社や出版社の方は、口を揃えて「小竹さんは、書くのが異様に早い」と驚いてくれるのですが、私は集中力がすぐに途切れてしまう性質《たち》なので、どんな曲もだいたい二時間くらいで書かないと、ベストの状態が持続できない。二時間くらいで一気にフルコーラスを書いて、しばらくその歌詞を放置して、別の日に書き換えたり修正したりする。これが常です。

そしてこの曲『White Angel』。この曲が怒濤《どとう》の締切ラッシュの最後の曲でした。この曲だけは私の集中力の基準を大きく上回って、四〜五時間をかけて書きました。とにかく曲が長くて構成も複雑で、言葉数は多いし、セリフもラップもあるし、今まで作詞した曲の中で一番時間がかかったような気がします。

では、なぜ、普段は二時間くらいしか集中力が持続しない私が、この曲ではその倍以上の時間、集中力を保てたか。それは、この曲のメロディーが非常に好きだったこと、そしてこの詞を書く少し前に、本当に汚れなき白い天使のような存在が私の人生に現れたからです。

出航さ！　～Sail Out For Someone～

Lai lai la la lai lai...

Lai lai 船に乗ろう La la lai lai 出航さ！
キミが居るから心配ない　迷いもしない
Lai lai 船を出そう La la lai lai 帆を張って
白い波を立てながら　この海 Now sail out!

すごくいろいろと悩んだけれど
ボクらにはいつも同じ夢があったから
そう　挫けなかったんだよね　どんなときも

E-girls

頑張ってたよ　ボクもキミも絶対
「優しさだけは忘れないでいよう」って
約束してここまで来た　思いやって今日まで来た
もっと新しい大海原目指して　未来を信じて…
いざ、出航さ！

Lai lai 正直ね La la lai lai キミってね
何を考えているのか　わからなかった
Lai lai 時間って La la lai lai すごいんだ
答えを出させてくれる　わからせてくれる

たくさん失くしたものがあるよね
たくさん歯がゆいサヨナラもしてきたね
でも　相も変わらずボクたちは　一緒に進む

頑張ってたよ　ボクもキミも絶対
大切すぎる仲間になってる今は
他の人が見れない景色　もうすぐ目の前に広がる
小さい努力　その積み重ねやっと　実を結ぶかもね…
いざ、出航さ！

(Let's sail out...)

自分にだけは負けたくなかった
(for someone)
誰かのために輝き続けていたかった
頑張ってたよ　ボクもキミも絶対
「優しさだけは忘れないでいよう」って

約束してここまで来た　思いやって今日まで来た
もっと新しい大海原目指して…

頑張ってたよ　ボクもキミも絶対
大切すぎる仲間になってる今は
他の人が見れない景色　もうすぐ目の前に広がる
小さい努力　その積み重ねやっと　実を結ぶかもね…
いざ、出航さ！

Let's sail out

E-girlsのベストアルバムに収録された新曲。この歌詞は「これからのE-girlsに向けて書いてほしい」と言われ、私なりに今までの彼女たちを振り返り、未来の彼女たちにエールを送るつもりで作詞した。卒業や結婚、旅立ちのときに聴いてほしい一曲でもあります。

毎日、E-girlsメンバーからの日記のような報告メールを受け取っているので、彼女たち個人個人の性格はかなりわかっているつもりだし、それぞれのいいところや弱点も見えるようになってきた。共通しているのは、みんな絶対的に頑張っているということ。今の努力が絶対に未来の彼女たちを成長させてほしいと、そんな願いも込めて書いた。最後の締め括りの前が「実を結ぶかもね…」となっているのは、HappinessメンバーのMIYUUを漢字で書くと「実結」で、ずっと前から「めちゃくちゃいい名前だな」と思っていたので。この曲から、武部柚那がE-girlsに戻ってきて、柚那のそのときの心境も想像して書いています。

作曲のCLARABELLさんが作る曲は、いつもキャッチーでキラキラとしたメロディーなのに、どこかふとせつなくなる瞬間がある。歌詞をつけさせていただくのが楽しみで仕方のない作曲家さんのひとりです。

この『出航さ！』を、リオデジャネイロ五輪の女子ラグビー代表選手（通称・サクラセブンズ）の皆さんが、オリンピックに向けてのテーマソングのようにいつも移動のバスの中で聴いてくれていたそうです。サクラセブンズのマネージャーの香川《かがわ》あかねさんという方がそのことをフジテレビの音楽番組に伝えてくださって、Ｅ－ｇｉｒｌｓがサクラセブンズの合宿先に行ってサプライズでこの曲を歌うという素敵な企画が実現して、なぜか私も感動と興奮をおぼえました。

FOREVER YOUNG AT HEART

会えなくなるって　知らずに　二度と会えなくなった
別れの言葉　告げる間もなく　あなたは行った

誰かに出会い　誰かと別離《わかれ》
儚くも無邪気な夢を　繰り返し繰り返し見る

輝き続けることが　生きてくことなんだと信じてきた
昔を振り返って　あの頃も良かった…そんな風に思えるように
耳に光るダイヤみたいに Forever young at heart…

「この人生が　ゲームならいいのに　やり直せるのに」
大人になってから　ふとした瞬間《とき》に　浮かんで消える

今市隆二

なりふり構わず　風のナイフで
若さ削りながら　走り続けた日々はもう So long

あなたが残したままの　永遠に消えはしない　灯火《ひかり》がある
思い出の居る場所と　現在《いま》を共に照らし　明日《あす》へと歩いて行ける
胸に光るダイヤみたいに Forever young at heart

大好きだった映画の一場面《ワンシーン》　少年は最期《さいご》に仲間に
「いつまでも輝きを忘れるな Stay gold!」そう言い残した

輝き続けることが　生きてくことなんだと信じてきた
昔を振り返って　あの頃も良かった…そんな風に思えるように
耳に光るダイヤみたいに Forever young at heart…

今市隆二のソロ曲を作詞することは私のささやかな夢でした。その夢が叶ったのがこの曲です（もちろん、登坂広臣のソロ曲の作詞も夢です）。

この歌詞は、「生」と「死」をテーマに、身が引き締まる想いで書かせていただきました。「耳に光るダイヤみたいに」というのは、いつも耳にダイヤのピアスをしている隆二を思い浮かべたからこその歌詞です。

大人になればなるにつれ、「死を怖れない人間でいたい。いつ死んでしまっても悔いのない毎日を過ごしていたい」と、私は感じるようになっています。歳を重ねると、過去の輝かしい思い出にすがりすぎて、逆に今をつまらなく生きている、そんな大人が結構いるから。私はそうはなりたくない、何歳になっても充実した日々を送って、いつか「死」に直面したときに、どこか穏やかな気持ちでいたい、そう思います。

ＨＩＲＯさんがずっと尊敬している故・百瀬《ももせ》博教《ひろみち》さんが、生前いつもかぶっていたキャップに「FOREVER YOUNG AT HEART（心は永遠の若者）」と書かれていて、それをタイトルにさせていただきました。私はたった一度、百瀬さんをお見かけしたことがあるだけなのですが、百瀬さんの詩集『絹半纏《きぬばんてん》』は、愛読しすぎてボロボロになっています。百瀬さんの書く鋭くもノスタルジックな言葉たちがグサグサと心に刺さるんです。HIROさんも、ことあるごとに親交が深かった百瀬さんとの素敵な思い出話をしてくれます。まだまだ未熟な私ではありますが、この歌詞は、今は亡き百瀬博教氏へのオマージュとしても書かせていただきました。

涙

いつもより何故か無口な　君の手を強く握ったら
空に浮かんだ観覧車の向こう　夕焼けがゆっくりと降りてきたよ
ぎこちなくキスをしてから　ぎこちなく抱きしめた
それでも君はうつむいて　僕の顔を見ようともしない…どうして泣いてるの?

一番最初の君の涙は　僕が君に好きだと告げた日
一番最後の君の涙は「サヨナラ」「ゴメンネ」そう言いながら　今　零《こぼ》れた

何人か他の彼女《だれか》を　好きになったことはあるけど
恋がこんなにせつない感情《もの》だと　君に会うまでの僕は　知らなかったよ
ずっとずっとそばにいるって　ずっとずっと好きだって

GENERATIONS from EXILE TRIBE

約束した夢をひとつも　守れないまま叶えないまま　僕らは離れてく

一番最初の君の涙は　幸せだけ溢れていたのに
一番最後の君の涙は　もどかしいやるせない　想いだけが　溢れている

涙から始まった恋が　また涙で終わるなんて…
見上げたら　観覧車が　夜空に滲んでしまう

一番最初の君の涙は　僕が君に好きだと告げたあの日
一番最後の君の涙は「サヨナラ」「ゴメンネ」そう言いながら　今日　零《こぼ》れた

まさか自分がGENERATIONSに歌詞を書くようになるとは思っていなかった。関口《せきぐち》メンディー、数原龍友《かずはらりゅうと》、中務裕太《なかつかゆうた》、白濱亜嵐、片寄涼太《かたよせりょうた》、小森隼《こもりはやと》、佐野玲於――メンバー全員を昔から知っていて、みんなエネルギッシュなカワイイ後輩で、そしてまだまだ子供だと思っていたし、若さを武器にしたパフォーマンスグループであるジェネに、どちらかと言えば陰鬱《いんうつ》な詞を書く私が作詞できるとは思っていなかったから（笑）。

けれど、時の経つのは本当に早く、いつの間にか最年少の佐野玲於も二十歳を超えていた。HIROさんに「ジェネのバラードを書いてください」と言われ、「えっ、ジェネ?」と少しためらいながらも、ジェネの曲だということはあまり意識せずにまずは『SPEEDSTER』というアルバムの中の一曲の『Rainy Room』の歌詞を書かせていただいた。そして、それを聴いたときに、「えっ、数原も片寄もこんなに大人っぽく歌うのか?」とびっくりしたし、『Rainy Room』のMVを見たときに「えっ、最年少コンビの隼も玲於もこんな顔をするんだ?」

とたまげてしまった。そこからはもう、いとも簡単に私の中でジェネに書くべき世界観のイメージがすっきりと構築された。

そして、本当にジェネのことだけをイメージして書いた最初の曲がこの『涙』である。HIROさんから「タイトルは『涙』で」とだけ言われたので、まずは「一番最初の君の涙」「一番最後の君の涙」というフレーズが浮かび、たとえば三代目のバラードでは決して使わないような「観覧車」というどこか若さを感じるキーワードを入れ、史上最速のスピードで書けてしまった気がする。

小泉今日子氏とYOU氏のお二方に無理やり聴かせたところ、珍しく二人そろってとても誉めてくれた歌詞でもある。YOUにいたっては、これを聴いて泣いていた（笑）。

Pink Champagne

E-girls

Pink pink pink champagne
まるで水槽《アクア》を(yeah)
泳いでるみたいね
廻る廻る Fantasy(Fancy)
Mirror ball

見てる光景《モノ》だけが真実《リアル》よ　悲鳴あげたい Cry
綺麗で不思議 I like it like it! Da! Discotheque
床《フロアー》にも天井《ルーフ》にも壁《ウオール》にも　光の水玉模様《ポルカドッツ》揺れてるわ
万華鏡のイロドリの世界　踊る Nobody can stop the step and step

I've been waiting for this weekend 迷宮の Weekend
Burning night Crazy night 終わらない What a night!
私のグラスには　フラミンゴの　羽根のカラーの Pink champagne

Pink pink pink champagne
まるでプラネタリウムで（Starry space）
遊んでるみたいね
彗星が飛び交う（行き交う）
Laser beam

あなたのことは One day surely 忘れてしまう Come on ねぇ
だけどこの夜のこと　絶対　忘れないわ

掴めそうで掴めない Real love 焦らされてるのも嫌いじゃない

刹那を生きていたいわ　そう簡単には I can't belong to you

I've been waiting for this weekend 真夏の Weekend
Burning night Crazy night 止まらない What a night!
渇いた肌に今 Lipstick の色と　同じカラーの Pink champagne

Can I tell you a secret? I'm not sure if I love you or not
タイムマシーンに乗り込み I really wanna warp to 80's
So curious あの時代にすごく憧れる Mysterious
自由　不自由 gonna do for fun 夢と現実《うつつ》を gonna do for fun
Weekend weekend on the weekend（Oh）

あなたにも私にも Do over again 週末がまたやってきたわ

"Oh, is it time to dance again?"
床《フロアー》にも天井《ルーフ》にも壁《ウオール》にも　光の水玉模様《ポルカドッツ》揺れてるわ
万華鏡のイロドリの世界　踊る Nobody can stop the step and step

I've been waiting for this weekend 迷宮の Weekend
Burning night Crazy night 終わらない What a night!
私のグラスには　フラミンゴの　羽根のカラーの Pink champagne

待ちきれない Weekend
What I'm looking for is weekend
Party on! Weekend!

初めて見た光景が一生忘れられないことってある。こんな世界は今まで知らなかったと衝撃を受け、ずっと覚えていることってある。

若いときには特に、そういうものがたくさん自分の周りに溢れているし、不意にそういう瞬間に出くわす。そのときにはもしかしたら深く気づかないかもしれないけれど、それが自分にとっては忘れられない青春とか輝きだったのだと、本当の大人になってから実感する。逆に、そういう思い出がない大人は、若さを無駄にして生きてきた人なのかもしれない。

「大人になる」とは……、人知れず我慢や無理を重ねて、何ひとつ若さのせいにできず、いつの間にか青い果実が赤く成熟するようなことだと思う。私的には「老いること」や「歳をとる」こととはまるでニュアンスが違う。そして、あの日、あのとき、あの場所の、自分の生活や感情を振り返って、妙に鮮明にいろいろなことが不意によみがえり、感傷的になったりする生き物、それが大人なのである。

この『Pink Champagne』の歌詞は、そういう想いを込め、ついでに若かった日の自分の青い感受性を織り混ぜて書いた。若い世代の人たちからよりも、周りの大人たちからの評判が良かった歌詞だ。ってことは、今の私の周りには若さを無駄にしてこなかった人が多いんだ、と勝手に喜んだ。

私とは世代がまったく違うＥ－ｇｉｒｌｓが、歌とダンスで私を苦しいくらい感傷的にしてくれた。私は、数多くあるＥ－ｇｉｒｌｓのＭＶの中で、久保監督が撮ってくれたこの『Pink Champagne』のＭＶが一番グッときてしまう。そして思う。今のＥ－ｇｉｒｌｓのメンバーたちが本当の大人になったときに振り返って、泣きたいくらい感傷的になることって何なのだろう？　と。

カウガール・ラプソディー

E-girls

Oh...

Look! 風が町を殴るように吹いてる
Hey! 私　意外と負けず嫌いだわ Cowgirl girl girl girl
コードネームはそう Cowgirl girl girl
You can call me cowgirl girl girl girl
野生児《Tom boy》のガール Come on come on come on Come to me

西部《ここ》には砂漠が　広がっていて
美しい自由だけが　生きてるのよ

Oh... Cowgirl rhapsody

Oh... Cowgirl rhapsody

テンガロンハット　そして　ウエスタンブーツ
着飾る必要はまるでない
暑すぎたら　シャツを脱いで
赤砂《すな》の上　駆け抜ければいい

Wait! 忘れちゃいけない　パートナーは黒競走馬《ブラックスタリオン》
青みがかった毛並みが自慢の Black horse Black horse
My lovely black horse black horse
しなやかに Runnin' runnin' runnin' with me
いつだって Livin' livin' livin' livin' with me

つかまえてみてよ（私は）　難攻不落よ

洗練された女とはねえ　一味違う

Oh... Cowgirl rhapsody
Oh... Cowgirl rhapsody

縄《ロープ》投げて　手綱締めて　どんな夢も手に入れてみせる
あなたがもし　欲しいのなら　私が情熱あげるわ

Do not be wrong! ...
You'd better fight! ...
西部《ここ》では青空　澄みきっていて
果てしない未来だけが　燃えてるのよ

Oh... Cowgirl rhapsody

一目惚れならぬ一聴き惚れした楽曲です。私にはなかなか来ないテイストの激しい曲ですが、私は激しい曲が大好きです。学生時代は米西海岸のハードロックばかり聴いていたものです。

「なんか、カウボーイとかカウガールってイメージだね」のＨＩＲＯさんの一言で、すぐさま「カウガール」「テンガロンハット」「ウエスタンブーツ」「赤砂」「ロープ」「手綱」などの単語が一気に浮かび、書いてるうちに「黒競走馬《ブラックスタリオン》」や「野生児《Tom Boy》」まで使ってしまい、アメリカの砂漠で、青みがかった毛並みの黒い愛馬と共に暮らしている綺麗でセクシーな女が主人公のショートストーリー風の歌詞にしました。とにもかくにも、書いていて「超絶楽しい」としか思わなかった歌詞です。

バラードではともかく、アップテンポの歌詞を書くときは、主人公を「強い女」にしがちな私は個人的に、強い女、依頼心や依存心があまりない自立している女が好きです。

この歌詞を書いているとき、夢中になりすぎて二十年近く愛用していたグラスをうっかり割ってしまい（執筆時は春夏秋冬いつも必ずそのグラスに入ったアイスコーヒーを飲んでいた）、「あっ！」と思ったのも束の間、すぐに、「今までお役目ご苦労様」と、そのグラス（と言うか、そのグラスの破片）を捨てました。わざとではなく、アクシデントで陶器やガラス製品が割れてしまってそれを捨てるとき、昔から私は気分が妙にすっきりします。自分の中の邪悪なものを一掃したみたいな気になるのである。

他の誰かより悲しい恋をしただけ

これ以上私を愛さないで
離れられない夜にしないで
あなたが本当に好きな人は
私以外にも　いるんだから
なぜ　あなたが泣くの？
泣くのはいつも私だったのに
突然　砂の城は壊れてしまうものなの

愛してた…決して幸せにならない恋に彷徨《まよ》って
終わりがあることを見ようともせずに
あなたを想い続ける理由を
嘘つき…ウソツキ…　捜していた

Flower

他の誰かより悲しい恋をしただけ
そんなふうに思い込んで忘れるわ
もうだめよだめ　もう終わりにしましょう
私たち永遠に… Forbidden love Forbidden love

これ以上私を試さないで
優しさなんて　涙になるでしょ？
最後の最後に　抱き合ったら
そこから先は　赤の他人
ねえ　傷つけたり傷ついたりを繰り返しながら
恋より淋しい関係　続けていちゃいけないわ
愛してた…決して叶うはずない夢を見ていた私
明日からはまたひとりに戻るのね

昔からそう　嫌な予感ほど
当たってしまうの　わかってるの
他の誰かより悲しい恋をしただけ
あなたの存在《こと》なんてすぐ忘れられる
強がりじゃないわ　振り向いたりしないわ
ごめんね　先に行くわね…Good-bye my love

私　あなたと別れるんじゃない　あなたを愛した自分と別れるの
薔薇の花の棘みたい…チクリ、痛いわ

愛してた…決して幸せにならない恋に彷徨《まよ》って
終わりがあることを見ようともせずに
あなたを想い続ける理由を
嘘つき…ウソツキ…　捜していた
他の誰かより悲しい恋をしただけ

そんなふうに思い込んで忘れるわ
もうだめよだめ　もう終わりにしましょう
私たち永遠に… Forbidden love Forbidden love

今日もまたある人から恋愛相談をされた。年齢的にはかなり大人のその人は、久しぶりに訪れた恋心を持て余し、私に電話をしてきた。

恋は怖い、といつも思う。自分を自分じゃなくさせるから。他のことでは絶対に味わうことのできない幸せを感じる反面、他のこととは明らかに違う苦しさを感じてしまうから。

そもそも、恋愛相談をしてくる人というのは、それが「相談」ではなくて、始まってしまった恋の、抱えきれないくらい溢れている「好き」という気持ち、好きすぎて辛くなってしまって平常心を保てなくなっているキャパオーバーな気持ち、そういうものを誰かに吐露《とろ》して聞いてほしいだけなのだと思う。だって、恋の行方など自分次第だし、その恋が素晴らしいものになるか陳腐《ちんぷ》なものになるか、そんなのは自分と相手以外にわかりようがないのだから。

恋ばっかりしていた時期が私にもあった。振り返ると、充実していた恋なんてほとんどない。私のことを恋愛の達人のように思っている人が驚くほどたくさんいるのだが、私はいつの間にか、恋は自分を見失って他人に迷惑をかける厄介なものだ、と思うようになっている。だから、たとえ恋をしたとしても誰にも言わない。相談することもない。

この歌詞は、Ｆｌｏｗｅｒのベストアルバムの中の新曲として書いた。自分が自分らしくいられなくなるなら、周りの人たちに迷惑をかけたり誰かを傷つけたりするくらいなら、文字通り、「他の誰かより悲しい恋をしただけ」と自分に言い聞かせてその恋から潔く離れたい。どこか自滅的ながらはっきりと恋を終わらせる、それはそれで賢明な決断だと思う。そんな想いを歌詞にした。

人魚姫

人魚のナミダは　海へと返るの　人魚のナミダは…

絶対絶対　実らない恋があるってことを
知らずにずっと　あなただけを追いかけ続けた私は
生きる世界が違う王子様《ひと》に　憧れてしまった人魚姫です
夢から醒めたら　行き場をなくして…

抱きしめてください　波にさらわれるように
痛みを　感じてみたいわ
せめてひとつだけ　真実欲しいの
泡になってしまう前に　抱きしめて

Flower

私のナミダは　海へと滲むの　あなた…さようなら

二度と二度と　逢えないままで生きていくのなら
ああいっそいっそ　あなたなんて知らないあの日に帰りたい
幼い頃に読んでいた　哀しい結末《おわり》の人魚姫です
失ったものは　取り戻せないわ…

愛してはくれない　人を愛してたから
私の胸の　どこにも
傷つく隙間は　残っていないわ
深い深い海の底　沈むだけ

人魚のナミダは　海へと返るの　あなた…さようなら

なぜ海の色は　このナミダと　同じ色をしてるの？
どんなに　求めたって　決してあなたとは
結ばれないの　泣いている　人魚姫

抱きしめてください　波にさらわれるように
痛みを　感じてみたいわ
せめてひとつだけ　真実欲しいの
泡になってしまう前に　抱きしめて

私のナミダは　海へと滲むの　あなた…さようなら

Ｆｌｏｗｅｒのベストアルバム『THIS IS Flower THIS IS BEST』に収録された曲。ベストアルバムというのはある意味、集大成として発売される特別なものなので、それまでのＦｌｏｗｅｒを凝縮したような歌詞が書きたかった。Ｆｌｏｗｅｒの転機となった曲が『白雪姫』だったこともあり、タイトルを『人魚姫』にして、『白雪姫』同様、哀しい恋の歌詞にした。童話やおとぎ話はハッピーエンドで終わるものがほとんどなのに、人魚姫は、子供に読ませるにはちょっと酷すぎるような結末で、だからこそ幼少期から私の心に引っかかっていた。

実は、Ｆｌｏｗｅｒメンバーには「いつか『人魚姫』ってタイトルのめちゃくちゃ暗い歌詞を書く」とずっと前から公言していたし、『アリス』ってタイトルの曲いいよね」と、これもまた歌合わせのときに鷲尾と言い合ったりしていた（これは『さよなら、アリス』という曲になりました）。そして、歌詞の中にある「なぜ海の色は このナミダと 同じ色をしてるの?」というフレーズも、めちゃくちゃ暗い曲に作詞するときにいつか使いたいと思っていた。「涙」も「海水」

も「雨」も、私に哀しみを連想させる液体はいつだって無色透明なのである。ついでに「日本酒」もどこかもの哀しいと思ってしまう(笑)。書きたいと思っていたものを作詞できるのは、作詞家としてはこの上なく幸せなことだ。

今までは、せつないけれどちょっと温かい、哀しいけれどなぜか優しい、絶望ではなくどこか救いのある歌詞を好む傾向にあったＦｌｏｗｅｒメンバーの佐藤晴美が、「小竹さん、『人魚姫』、せつなすぎて素晴らしいです」と言ってきて、「おっ、晴美、大人になったな!」と、なんかしみじみした。

二〇一六年のＦｌｏｗｅｒのツアーの一曲目がこの『人魚姫』だったのだが、その振付を藤井萩花が考案してくれて、それが本当にこの曲にぴったりだったので胸が締めつけられました。

Bright Blue ～私の瑠璃色～

やっと出逢えたのよ　そして　あなただけを好きになったの
ねえ夢の中で　抱き合ってるみたい

私　どこか大人びている子だってね（昔から　言われてたの）
本当は知らないこと溢れてる I am I am

瑠璃色の海に　浮かんだ小船みたい
灯台を捜している　いつも
あなたがいないと　まだ何もできないわ
Don't you know Don't you know 生まれたての First love
恋をしたら世界中が Bright blue Bright blue

こんなに左胸が　きゅっと　痛くなってしまうのは何故？
ただただあなたの　笑顔想うたびに

Night and day... 逢いたさがシトシト降ってくるわ（Miss you Miss you）
これからどんなふうに変わるの？ I will I will

瑠璃色の夜空　流れる星になるわ
あなたの手を離さない　ずっと
朝が来たならば　あわてて眠りましょう
Now I know Now I know あなたがそう First love

恋は一度きりでいいわ　二度目なんてなくていい
恋に恋してる　そんなんじゃないの
私はあなたに恋している

瑠璃色の涙　不意に零れてキラリ
始まったばかり Our love story

瑠璃色の海に　浮かんだ小船みたい
灯台を捜している　いつも
あなたがいないと　まだ何もできないわ
Don't you know Don't you know 生まれたての First love
恋をしたら世界中が Bright blue Bright blue
Whenever I'm with you, everything is gonna be bright blue bright blue

Ｈａｐｐｉｎｅｓｓの川本璃《かわもとるり》を、数年前のＥＸＰＧのヴォーカル発表会で初めて見た。当時、十六歳になったばかりなのにとても大人びて見えた璃が発表会で歌った曲が、私の作詞曲の『好きですか？』だった。だから、彼女のことはすごく印象に残っていた。それからしばらくしてＨａｐｐｉｎｅｓｓの新ヴォーカルに璃が選ばれたことを聞き、あのとき『好きですか？』を歌った子だと、すぐに思い出した。

そうして、ＬＤＨアーティストの一員となった璃は、自分からあまり積極的に話すタイプの子ではないのに、ことあるごとに何度も何度も「小竹さんの歌詞を歌うことが夢です」と言ってくれていた。ＨＩＲＯさんが所属のみんなのために奮闘している姿を近くで見てきて、いつの間にか私は、ＬＤＨという事務所は、アーティストの夢が叶う場所として存在しているんだと実感するようになっていた。そして、十六歳だった璃が二十歳になった年、璃と須田アンナが加入してから初めてのＨａｐｐｉｎｅｓｓのアルバムがリリースされることになり、その中に璃のソロ曲が収録されることになった。アルバム会議に参加していた私は、「璃のソロ曲書きます!!」と自分から宣言した。そして彼女の初めてのソロ曲としてふさわしいものを！　と思って書いたのがこの『Bright Blue～私の瑠璃色～』である。璃は、泣いて喜んでくれた。私みたいなちっぽけな人間が誰かの夢を叶えることができるなんて、ＬＤＨに入れてもらってよかったと思った瞬間だった。

ちなみにそのＨａｐｐｉｎｅｓｓのアルバム『GIRLZ N' EFFECT』にはもう一曲、『Autumn Autumn』という曲に作詞をしたのだが、「夏が恋して恋が夏してた」と、こちらはもう一人のヴォーカル、十年近く前から見守ってきた大好きな藤井《ふじい》夏恋《かれん》を完全にイメージして書かせていただいた。

泣いたロザリオ

最初からわかってたんだろう?
約束なんてできないことを

錆びついてる理想《ゆめ》ばっか見て
生きてきたんだ　それが僕なんだ

今更どうやって　君を抱きしめるのか
わからない　愛してる　愛してるけれど

もう　僕を許さないで
どうしようもないヤツだと　忘れてくれればいいよ
So long 君が欲しがっていた

青柳翔

安らぎなんてやつは　何一つ　あげられない　永遠に

胸に架けた十字架《ロザリオ》　指で
なぞりながら　泣いている君

そんな顔をさせてごめん
これ以上そう　悲しませたくない

未来捜すふりして　今に溺れてたよ
涙より微笑が　君には似合うのに

もう　僕を傷つけてよ
思い出さえ捨ててよ　追いかけなくてもいいよ
So long 責めるだけ責めたら

出逢ったあの日みたいに　笑ってよ　明日からは　お願いさ

最後に君へと残せる物はないし
持っていく物も　ないけれど
君が好きだったシルバーの十字架《ロザリオ》
さよならの　代わりに　この部屋に　置いてくよ

もう　僕を許さないで
どうしようもないヤツだと　忘れてくれればいいよ
So long 君が欲しがっていた
安らぎなんてやつは　何一つあげられない
だから　僕を傷つけてよ
思い出さえ捨ててよ　追いかけなくてもいいよ

So long 責めるだけ責めたら
出逢ったあの日みたいに　笑ってよ　明日からは　お願いさ
こんな僕を　笑っていいよ

青柳翔《あおやぎしょう》のデビューシングルです。

ショッチ（近しい人たちは彼をこう呼ぶ）はデビュー前に、LDHが経営する飲食店で修業兼アルバイトをしていて、その頃からの付き合いなので、今こんな風に俳優やアーティストとして活躍しているのが不思議な感じがする。家は近所だし、頻繁に食事や酒はもちろん、いろんなところに行ったし、それだけではなく、我が家の愛猫《あいびょう》をショッチに預かってもらったこともある。ショッチの初めての写真集の発売記念握手会のときは、なんか心配で、こっそりその様子を裏から見ていたものです（笑）。所属の中でもかなり私にとって家族的ポジションな男です。

何度かショッチと今市隆二と三人でカラオケに行って、モノマネ合戦をしたことがある。お題のアーティストを決めて、そのアーティストのモノマネを三人でやる。これがとにかく笑える。隆二と私がむきになって本気でモノマネをしている横で、ショッチはどこか隆二と私に合わせてくれる感じで一緒にバカをやってくれる。そう、青柳翔はちょっとクールというか、どこか兄貴っぽい。ただし、モノマネ合戦のときは三人とも「自分のモノマネが一番似ている」と常に言い張って譲らなかったが（笑）。

この『泣いたロザリオ』は、何度も彼の歌声を聴いていたからこそ知っていた青柳翔の声質の魅力をフルに活かそうと思いながら作詞しました。声がとにかく色っぽい。何を歌ってもどこか泣いているような声。全く悩まずに、彼の声がまるで聴こえているかのように書いた。

デビュー曲にもかかわらず、MVは巨匠・久保茂昭監督だし、スタイリングは大御所・野口強《のぐちつよし》氏だし、もちろんプロデュースはHIROさんだし、まさに機は熟した!!　これからも俳優として、ヴォーカリストとして、更なる飛躍を願わずにはいられないのである。

BRIGHT

ああ美しく　生きてきた人の　微笑みが　美しく咲いて
これまでのあなたより　麗《うるわ》しいから I'm in love with you again
永遠にそう　枯れることのない　一輪の薔薇《ばら》を見つけた
希望と勇気に溢《あふ》れて　なんて綺麗なんだろう!?

今日という一日が始まり　太陽のその輝きさえ
味方につけて　夢に着替え　扉開けたなら
あなたという名前の花になる　僕はその花に見惚《みと》れるよ
秘められてる野生のしなやかさ　目を覚ませ

So look up 降り注ぐヒカリ Paradise 眩《まぶ》しすぎて Closed my eyes
舞い踊るは　蝶《ちょう》か花片《はなびら》か What a beautiful rose!

三代目 J Soul Brothers from EXILE TRIBE

ああ美しく　生きてきた人の　微笑みが　美しく咲いて
これまでのあなたより　麗《うるわ》しいから I'm in love with you again
永遠にそう　枯れることのない　一輪の薔薇《ばら》を見つけた
希望と勇気に溢《あふ》れて　なんて綺麗なんだろう!?

南風に摑《つか》まって空を　飛んでいるような青の世界
気流遊泳　悩みさえも　振り捨ててしまえ
人はみんな秘めた痛みとか　いつまでも癒えはしない傷を
庇《かば》いながら　笑顔鎧《よろ》いながら　出逢うんだ

So trust me あなたを信じる誰かが　ここにいる Right here, right now
金《きん》色の粒子を纏《まと》う女は What a beautiful rose!

ああ美しく　生きている人よ　愛しくも　美しい人よ

これからもあなたずっと　咲き続ける Wanna look all the time
抱きしめても　折れることのない　鮮やかな薔薇《ばら》が匂い立つ
明日《あす》を彩《いろど》るあなたは　なんて綺麗なんだろう!?

現在・過去・未来と　あなたはあなたらしく
水飛沫《みずしぶき》 Splashing　花吹雪 Blooming
Keep on shining bright, my rose!
Oh... Standing in the sun... Ah

ああ美しく　生きてきた人の　微笑みが　美しく咲いて
これまでのあなたより　麗《うるわ》しいから I'm in love with you again
永遠にそう　枯れることのない　一輪の薔薇《ばら》を見つけた
希望と勇気に溢《あふ》れて　なんて綺麗なんだろう!?

ああ美しく　生きている人よ　愛しくも　美しい人よ

これからもあなたずっと　咲き続ける Wanna look all the time
抱きしめても　折れることのない　鮮やかな薔薇《ばら》が匂い立つ
明日《あす》を彩《いろど》るあなたは　なんて綺麗なんだろう!?

スカッとキモチイイ人が好きだ。男も女も。そう思うようになったのは小泉今日子さんの影響である。若い人は知らないかもしれないが、彼女は偉大なトップアイドルだった。クラスの男子も女子もみんなキョンキョンが好きだった。他のアイドルとは違う、どんな部類にも属さない、良い意味でヘラヘラと、面白いことやみんながびっくりするようなことをやって、それがとてつもなく刺激的だった。

そんな彼女と知り合った。彼女も私も二十代だった。そしてそれから四半世紀が過ぎて、私はいつの間にか彼女を「親友」と呼ぶようになっていた。教わったこと、影響を受けたことが砂の数ほどある。感謝してもしきれないことが星の数ほどある。嫌悪感が皆無の、スカーッとキモチイイ人、それが小泉今日子だ。

「継続は力なり」、仕事をしていると刺さりまくる言葉。小泉今日子のようにそれを私に実践してみせてくれる人はいない。みんなが大好きだったキョンキョンは、デビューして三十五年目の今でも女優としてアーティストとして物書きとして、そして一人の人間として、確固たる存在感を放ち、よくぞここまでと、こちらがギャフンと言ってしまいそうになることを、相も変わらず私に見せてくれている。それを目の当たりにすると、こちらもやる気が出る。まだまだ頑張ってやる！　と鼻息が荒くなる。継続は力なりが身に染みる。

作詞家・小竹正人はいつだって、小泉今日子の「文才」に負けたくないとどこかで思いながら歌詞を書いているような気すらする。彼女の書いたエッセイだの書評集だのを読んでいると、そりゃあもう書く気が漲《みなぎ》るのである。

さて、この曲『BRIGHT』は、「キモチイイ」女性たちに向けての応援歌である。私にとっては、記念の曲でもある。なぜならこの曲は小泉今日子さんや上戸彩さんを始めとするそうそうたるキャストが出演する化粧品会社のCMソングだったから。今市隆二・登坂広臣がこれまたスカッとキモチイイ声で歌ってくれて、そりゃあもう私にとって「最高にキモチイイ曲」が誕生したのである。

PIERROT

I am the clown who can't cry
I am the clown who can't smile

答えのない　片恋《おもい》のことを
みんな何と呼んでいるのだろう？
恋じゃない　愛でもないと
言われるならどうすりゃいいんだろう？

愚かな　ピエロは泣けない
No, no, I'll never cry and smile
おどけた　ピエロは泣けない
綱渡りで To you

GENERATIONS from EXILE TRIBE

ドラムロールが鳴る Circus Tent
シンバルを Beat it beat it beat it beat it
今宵も Hit it 道化師の
Loveless show が Start

どんなスキになっても
You, baby baby 振り向きゃしない
堕ちても転んでも
Ha. ha. ha. ha. ha 嗤《わら》っている
Don't you like me? Don't you like me?
アナタは
Don't you like it? Don't you like it?
ボクの Dream girl
大げさに伝えても

You, baby baby 伝わらない

感情のボールの上を
しなやかに乗りこなそうとする
アナタの顔を見ると
バランスが崩れて上手くいかない

いつでも　ピエロは泣いてる
No, no, I'll never cry and smile
空回り　ピエロは泣いてる
玉乗りで To you

今宵も Over 道化師の
Loveless show... The End

夜を幾つ越えても
You, baby baby ヒカリ射さない
この手を伸ばしても
Ha. ha. ha. ha 嗤《わら》われてる
Don't you like me? Don't you like me?
アナタは
Don't you like it? Don't you like it?
ボクの Dream girl
闇雲に求めても
You, baby baby 払い除《の》けられる

I don't know how I can go on
I don't know how I can go on
嗤《わら》ったふりをしながら泣いて
Tear drop 頬につけて

I don't know how I can go on
I don't know how I can go on
とんでもない悲劇《Tragedy》
Baby, don't you like me?

どんなスキになっても
You, baby baby 振り向きゃしない
堕ちても転んでも
Ha. ha. ha. ha. ha 嗤《わら》っている
Don't you like me? Don't you like me?
アナタは
Don't you like it? Don't you like it?
ボクの Dream girl
大げさに伝えても
You, baby baby 伝わらない

No, oh baby, don't make a fool of me
伝わらない
アナタへと叫んでも You, baby baby
伝わらない
Yes, I am your clown
伝わらない

歌詞のテーマとして「ピエロの悲哀《ひあい》」というアイデアをＨＩＲＯさんからいただき、いつも明るく振る舞って好きな子の気を引こうとするが、つい道化のようになってしまう男、せつなくもあり、どこか自虐的でもある、そんなものが滲み出るように作詞した。めちゃくちゃアップテンポの曲にバラードのような歌詞をのせるのが斬新だった。

男はときにすごい高嶺《たかね》の花に、まっすぐに恋をしてしまう生き物である。まったく相手にされていなくても自分の気持ちだけが暴走して、けれど本気で誰かを好きになってしまったりする。男は女ほど計算をしない純粋な生き物なのだと思う。逆を言うと、男より女の方が結局賢いのかもしれない。

この歌詞を書いているうちになぜか関口メンディーがどんどん脳裏をよぎってきて、書き終わる頃には私の中で完全に「メンディー物語」みたいになっていました。メンディー、すまん！（笑）

メンディーは本当に優しく律儀な男です。私とジェネメンバーで食事に行ったりすると、それがすごく短い時間であっても、そのあとに絶対に毎回「今日はご一緒させていただきありがとうございました」と、お礼のメールを欠かさない。そういうところ、LDHの所属メンバーは年齢性別問わずとても律儀な若者が多いと思う。

実は今夜、私は亜嵐と二人で買い物をしていたのだが、そのまま夕飯を食べることになり（亜嵐が大好きな韓国料理）、なんやかんやで腹を空かせた玲於、メンディー、佐藤大樹も合流し、みんなで、酒も飲まずひたすらプルコギを食いまくった。「ごちそうさまでした」と真っ先にお礼のメールを送ってきたのは、やはりメンディーであった。

そんなメンディーは、食後のデザートを頼む際、「あとぉ、カ・フェ・ラ・テも」と、どこのお嬢様かジェントルマンじゃい⁉　みたいな気取った言い方でお店の人に注文していて、その場にいたメンバーみんなで大爆笑になった。狙ったときよりも素の部分の方が面白い、それもメンディーの魅力です。

Go! Go! Let's Go!

E-girls

Aren't you ready ready ready ready to go there with me?
I'm ready ready ready for something crazy
Woo 新しい服に着替えて Bye-bye to yesterdays
Woo おろしたての靴で踏みつけろ　昨日までの
どうでもいいような　悩みを捨てたら
That's O.K. That's O.K.

何ひとつ　持ってない　ボクたちは So young
何にもねえ　知らないね　ボクたちは Too young
だけど Miracle ここで出逢えた
That's O.K. That's O.K.
今から始めたら　きっと大丈夫だよ

That's O.K. That's alright
キミがボクの名前　呼ぶ声が聞こえてる

Street に溢れる　つまんない　噂とか嘘　聞いてる暇はない
自分だけの明日を探すんだ　駆け抜けて行くんだよ
Go go let's go let's go go
そして物語は Ah ah ah 続いてく
決して物語は Ah ah ah 終わらない
この世界にはまだまだたくさんの　奇跡が待ってる
Our story started here

Aren't you ready ready ready
Go go let's go let's go go
I'm ready ready ready
Go go let's go let's go go

Woo 野生の花になって咲いて We never ever die
Woo アスファルトの隙間でも　構わないよ
光があるなら　生きてみせるよ
That's O.K. That's O.K.
声が枯れ果てても　この想い伝える
That's O.K. That's alright
つまずいても平気さ　すぐに立ち上がれる

ボクたちに泣き顔は　似合わない　だから笑ってる　いつでも笑ってる
逆風さえ味方につけるんだ　駆け抜けて行くんだよ
Go go let's go let's go go
何も見えなくても　Ah ah ah キミがいる
何も聞こえなくても　Ah ah ah キミといる
この世界にはまだまだたくさんの　笑顔が待ってる

Our story started here

Woo Tululu Sing Tululu Sing Tululu 歌って
(Go go let's go let's go go)
Woo Dadada Step Dadada Step Dadadada 踊って
(Go go let's go let's go go)

今から始めたら　きっと大丈夫だよ
(Go go let's go let's go go)
キミがボクの名前　呼ぶ声が聞こえてる

歌え！踊れ！

Aren't you ready ready ready to go there with me?

Street に溢れる　つまんない　噂とか嘘　聞いてる暇はない
自分だけの明日を探すんだ　駆け抜けて行くんだよ
Go go let's go let's go go
そして物語は Ah ah ah 続いてく
決して物語は Ah ah ah 終わらない
この世界にはまだまだたくさんの　奇跡が待ってる
Our story started here

Aren't you ready ready ready
Go go let's go let's go go
I'm ready ready ready
Go go let's go let's go go

「英語の歌詞はあまり書きたくない。日本語の美しさや繊細さを書きたいし、いきなり英語が出てくると意味が伝わりづらいから」

以前、何かのインタビューでそのようなことを言ったのだが、速い曲や明るい曲の詞、RAPの詞などを書くときにはどうしても英語の方がしっくりくる場合があり、そういうときはなるべくわかりやすい英語を使うようにしている。けれど、できることならば英語詞には常に日本語訳を（）でつけたいといつも思う。漢字の言葉に英語やひらがなのルビをふってしまう癖が私にはある。おせっかいなのである。

一曲全体を通して一つの物語が綴《つづ》られるようにいつも心がけて作詞をしているので、私の歌詞はいいのか悪いのか「二番の方がいい」と言われることが本当に多いです。実は私自身、一番で全体の世界観を説明し、二番で感情の起伏の要《かなめ》やもっとも言いたいことを書くので、二番の歌詞の一部、二番のサビと最後に繰り返されるサビの間（ブリッジ、大サビ、Dメロと呼ばれる部分）の歌詞が好きだったりします。

『Go! Go! Let's Go!』は、どんなに嫌な世の中でも、どんなにつらい毎日でも、それでも前に進んで行こうとする女性の歌詞です。この曲も二番の「野生の花になって咲いて We never ever die (私たちは決して枯れない) アスファルトの隙間でも 構わないよ 光があるなら 生きてみせるよ」の歌詞が一番書きたかったことです。Ｅ－ｇｉｒｌｓは精神的に逞《たくま》しい女の子でいてほしい。時代や他人に惑わされずに凛《りん》としていてほしい。いつもそう思っているので、シングル曲ではそうという女性像を書いてしまいがちです。その代わり、カップリングではせつない世界観、自分的におもしろい世界観なんかを書きます。

この曲のカップリング曲『ボン・ボヤージュ』は、旅立っていくＤｒｅａｍ Ｅｒｉｅを想い、彼女のために、しんみりした気持ちで作詞しました。私は、いつもへっちゃら感満載で明るいＥｒｉｅを高田純次さんのようだと思い、「高田純子」というニックネームで呼んでいたのですが(笑)、さすがにＬＤＨ同期の彼女が旅立っていくときには寂寥感《せきりょうかん》で胸がいっぱいになりました。Ｅｒｉｅの新しい人生が素晴らしいものになってくれますように！

モノクロ

LOVE 泣きながらなんだって乗り越えてきたの
LOVE ひとりでね　誰かを待っていたのよ
白と黒だけに塗られた　淋しさに包まれ眠る
自分と時代を嘆くたび　愛が欲しい！と叫んでいた

そしてそう　あの夜に　出逢ったの…あなたに

モノクロの Ah 世界がすぐに　光り輝いたのよ
「好き」でもない「大好き」でもない　たとえるなら You're my LIFE
（Wowwow...）あなたがすべて You're my LOVE

KISS この肌にあなたの唇触れると
KISS 鮮やかな赤い花たちが咲くわ
もう昔の私じゃない　こんなに愛されてるから
もう孤独と戯れない　だってあなたが抱いてくれる

眠りなさい　哀しみよ　目覚めなさい…情熱

モノクロの Ah 世界が今は　夢で溢れているわ
あなたがもし　何もかもを　失ってしまっても
（Wowwow...）私が守ってあげる

レッド　ブルー　ピンク　オレンジ　パープル　グリーン Yeah yeah
いろんな色に私は染まって Oh...COLORFUL

モノクロの Ah 世界がすぐに　光り輝いたのよ
「好き」でもない「大好き」でもない　たとえるなら You're my LIFE
モノクロの Ah 世界が今は　夢で溢れているわ
あなたがもし　何もかもを　失ってしまっても
（Wowwow...）あなたがすべて You're my LOVE

喜び、悲しみ、幸せ、つらさ、嫉妬、恥ずかしさ、達成感、絶望、恐怖、安心、不安、怒り、感動、我慢、緊張……数えきれない人間のすべての感情は色を持っていて、その色たちがその時々の自分を塗り替えていくのが人生だと思う。たとえ自分の世界が一瞬にしてモノクロになってしまっても、また一色二色《ひといろふたいろ》と自分で色をつけていけばいい。

生きていく中で、運もタイミングも努力も実力も絶対に必要だけれど、「誰に出会うか」、それが一番大事だと私は思っている。今でこそ、自分の一番の親友は「孤独」などと公言してしまっているが、私の人生、いろんな人との出会いで色合いが多種多様に変わっていった。私は、たくさんの素敵な人に様々な色をもらって、それを自分の人生に少しずつ塗り重ね今に至っている。大人になるにつれ、そうすることが難しくなってくるのだが、これからも自分の中のアンテナを常に張り巡らせ、大切な出会いは死ぬまで感受していたい。誰に出会うか、だけではなく、その出会いをどう活かし、その人とどう関わるか、それももちろん重要だ。

ベストアルバムがリリースされてから一発目のＦｌｏｗｅｒのシングルだったので、たくさんのデモ曲の中でかなり異質だったこの曲を選ばせていただいた。「Ｆｌｏｗｅｒ＝バラード」の期待をいい意味で裏切れる曲にしたかったのだが、レコーディング済みの音源、完成されたＭＶを観たときに、「攻めてるな」と、とても興奮した。『ラッキー７』で実証されていた「攻めのＦｌｏｗｅｒ」の歌もパフォーマンスも、バラードを儚《はかな》く歌い踊るときと同じくらい私は大好きだ。

Ｆｌｏｗｅｒの初単独ツアー『花時計』のときに、ツアーパンフレットの中に何か文章があった方がＦｌｏｗｅｒらしいのではないか？と言われ、それぞれのメンバーのイメージの花とイメージカラー、そしてその花言葉をショートストーリー風に書いた。行き当たりばったりで書いたものなのに、いつの間にかそれがファンの方々やスタッフに浸透してくれている。この曲の歌詞にはそれぞれのイメージカラーが出てくるし、ＭＶではそれぞれがイメージカラーの衣装を着ている。

カラフル

非常階段座り込んで Umm 雨上がりの空を見てたね
くちびるを噛みしめながら　キミはどんなこと想ってたの？
（泣いてないのに）　泣いているみたいな顔してたんだ
（キミの向こう）　儚い虹がぼんやり架かってたんだ
（そしてボクは）　キミから目が離せなくなって　それが恋のはじまりで…

どんな色が　キミは一番好きですか？
その色を　ボクも好きになりたいよ My girl
願わくばキミの世界を　カラフルに彩って
誰にもできないくらいそうキミを　愛してく My girl

Flower

たとえばもしも振り返ったら Umm 叶わなかった夢のカケラ
たくさんね　落ちているだろう　それはそれで必要な宝物
（頼りないけど）　ボクの手をずっと握ってるんだよ
（この先はもう）　孤独と仲良くなんてしなくていいよ
（だってキミは）　淋しさ感じる暇もないほど　ボクといつでも一緒だから

どんな色に　キミは憧れてますか？
その色で　包み込んであげたいよ My girl
ボクたち名もない花で　カラフルに咲いていよう
見たこともないような色をして　咲いていよう My girl

（Which color do you like? どんな色が…
Which color do you like? どんな色に…）

どんな色が　キミは一番好きですか？

その色を　ボクも好きになりたいよ My girl
願わくばキミの世界を　カラフルに彩って
誰にもできないくらいそうキミを　愛してく My girl

(Which color do you like? どんな色が…
Which color do you like? どんな色に…)

『モノクロ』と両A面でリリースされた曲。デモ曲の中からFlower メンバー自らが選んだ曲です。

『モノクロ』が女性目線、『カラフル』が男性目線で、まったく同じ恋愛の世界を書いた。こんな風に、曲と曲をリンクさせたり、自分の中で勝手に続編やアンサーソングを書いたりするのが私はたまらなく好きなのである。たとえば、『他の誰かより悲しい恋をしただけ』は『泣いたロザリオ』と同じ男女のことを書いているし、『秋風のアンサー』は『C.O.S.M.O.S. ～秋桜～』のアンサーソングだったりする。

坂東希が、「気づいてしまいました！『モノクロ』には、『もう孤独と戯れない』という歌詞があって、『カラフル』には『(この先はもう) 孤独と仲良くなんてしなくていいよ』って歌詞があります。リンクしてます!!」としめしめ感満載のメールを送ってきた。希はE-girls の中でも、かなり私と似ている感性を持っていると思うことがよくある。

せっかくなので、私がFlower 初のツアーパンフに書いたショートストーリーの中の、メンバーそれぞれのイメージの花と色と花言葉をここに書かせていただく。

「藤井萩花は、静寂の中でひっそり鮮やかに咲く紫のスミレのような人。花言葉は『愛』」

「重留真波は、波間に浮かんだオレンジのガーベラのような人。花言葉は『冒険心』」

「中島美央は、みんなの心を癒してくれる黄緑色のバラのような人。花言葉は『あなたは希望を持ち得る』」

「鷲尾伶菜は、春の空を幻想的に染めるピンクの桜のような人。花言葉は『純潔』」

「坂東希は、ささやかなのに目に焼き付いて離れない青いワスレナグサのような人。花言葉は『私を忘れないで』」

「佐藤晴美は、純白の真冬に映える赤い椿《つばき》のような人。花言葉は『気取らない優美さ』」

HARAJUKU TIME BOMB

HARAJUKU Culture Watcher でいたい
HARAJUKU Culture Catcher でいたい
最近　この国　元気ないみたい
案外　みんな　活気がない

入り組んでいる細い路地裏　あてどなくただクネクネ歩く
思いもよらない　綺麗な夢が　落ちてる…カワイイ
パパとママがそう若い頃から　ここはいつでもキラキラしてた
Love や Sweets や Fashion や Art の発祥地…原宿
誰も受け入れてくれなかった私をこの街だけは Yeah
受け入れてくれたの　個性を殺すなんてバカバカしいと
5！4！3！2！1！

E-girls

HARAJUKU Culture Watcher でいたい
ときどきハメを外していたい
Free な恰好《カッコ》しながら　肩で風切る女でいたい
最近　この国　元気ないみたい
案外　なんだか　活気ないみたい
普通なんてつまんない　時限爆弾《タイムボム》ティックに Tick-tock Tick-tock
Oh...爆発しそうな I am a crazy girl

男の子たちみんなやたらと　秘密基地とか作りたがるわ
何か守りたい性分なのね　不思議ね…好きだけど
女は逆に自分の前の壁を自分で壊したくなる
破滅的でも構わないでしょ？　好奇心…旺盛
私が欲しいモノはお金じゃ買えないモノばかりなのよ Yeah

他人《ヒト》と同じじゃダメありきたりでもダメ One And Only がイイ
5！4！3！2！1！

HARAJUKU Culture Catcher でいたい
アンテナ常に張り巡らせたい
瞬間をつかまえながら　敏感を身に着けたい
最近　この国　元気ないみたい
案外　なんだか　活気ないみたい
弾けなきゃ損するわ　自分自身 Yes,no Yes,no
Oh...ルールですもの I am a crazy girl

高い建物あんまりないから　空を広く感じる交差点
すれ違う人を見るわ　キラリ　チラリ　ブラリ
5！4！3！2！1！

HARAJUKU Culture Watcher でいたい
ときどきハメを外していたい
Free な恰好《カツコ》しながら　肩で風切る女でいたい
最近　この国　元気ないみたい
案外　なんだか　活気ないみたい
普通なんてつまんない　時限爆弾《タイムボム》ティックに Tick-tock Tick-tock
Oh...爆発しそうな I am a crazy girl

原宿はとても不思議な街だ。私がまだほんの子供だった八〇年代から現在に至るまで様々な文化の発祥地として、日本で最もポップでキラキラしたエネルギーに満ちている街だと思う。

裏原宿ブームだった九〇年代中頃は本当に頻繁に裏原宿に行っていた。当時よく会っていた裏原の先駆者・藤原《ふじわら》ヒロシさん、ジョニオ（高橋盾《たかはしじゅん》）くん、今でもとても仲の良いNIGO®くんがすごい勢いでカリスマになっていく様を見ているのは本当にワクワクした。あれから二十年以上経った今も三人とも大活躍で、それぞれが確固たる地位を世界的に築きあげて、ホンモノなんだなあと、心から感服する。

小泉今日子さんやスタイリストの野口強さん、伝説のバー『CASBA』のママの令子《れいこ》さん、などなど、私は今思うと、神様に導いてもらって出会えたようなすごい方々からたくさんのカルチャーのお裾分けをもらって、随分と稀有《けう》な経験をさせてもらった。当時関わったほとんどの人たちとは現在も交流があるが、私はあの時代の「原宿」という街が大好きだったし、今でもそこに行くたびになんとなくノスタルジックな気持ちになる。老後はものすごい田舎か、逆にものすごい賑やかな原宿の裏通りにある昭和レトロなマンションを終《つい》の住処《すみか》にしたいなどと思うくらいに。

あの頃の若者に比べて、今の若者が、どこか元気不足・カルチャー不足みたいに感じるのは時代の流れのせいなのか、それとも私が歳をとったからなのか。LDHに長く在籍していると、たくさんの若者に出会う。毎年毎年、新しい仲間や後輩が増えている。そんな若者たちにアドヴァイスを求められ、私が絶対に言うことは、「とにかく自分の中にアンテナを張って、そのアンテナでいろんなものをキャッチする。そして、そのキャッチしたものを今度は自分のアンテナで発信する」である。特にE-girlsにはこれまで何十回と言ってきた。

この「HARAJUKU TIME BOMB」の歌詞を読んだE-girlsメンバーは、「あっ、いつも言われているアンテナのことが歌詞になっている」と、きっと思ったことであろう。

HAPPY

ネガティヴを吹き飛ばしたら
ポジティヴになるってことを
時に Everybody 忘れがちで…
案外何でも Time will make it better

決して変わらない　そんなものはない
Let's go Let it go We have to go
Because a day to shine must be waiting
楽しむことで笑顔が生まれ
そしてもう未来永劫《ミライエイゴウ》ハッピーなライフ

Why don't you come on? いつまでも（Na Na Na ...）

三代目 J Soul Brothers from EXILE TRIBE

僕らはなんだかんだ（La La La La Life）
人生 Happy Happy Happy に行こう
ずっとどこまでも
Are you ready to go? Are you ready to go?
And get happy!

僕たちが進んできた道
乗り越えてきた Dramatic road
時に Up and down ゆえに Up side down
いいことばっかじゃなかった Night and day

また迷っても　光射すから
Let's go Let it go We have to go
Because the rain will stop surely soon
君が泣いても　僕が笑う

だからもう未来永劫《ミライエイゴウ》ハッピーなラブ

Why don't you come on? これからも（Na Na Na ...）
そうさ抱き合って（La La La La Love）
みんな Happy Happy Happy Happy になろう
軽快な足取りで
Are you ready to go? Are you ready to go?
And get happy!

Baby baby 君は本当に Happy?
Be my baby 自分で決めるのが Happy
悩みなんて七転び八起きで
Through Through Yeah Yeah Yeah

いつまでも（Na Na Na ...）

僕らはなんだかんだ（La La La La Life）
人生 Happy Happy Happy に行こう
ずっとどこまでも
Are you ready to go? Are you ready to go?
And get happy!

これからも（Na Na Na ...）
そうさ抱き合って（La La La La Love）
みんな Happy Happy Happy になろう
軽快な足取りで
Are you ready to go? Are you ready to go?
And get happy!

今市隆二氏との共作詞です。隆二が書いたベースの歌詞を修正したり書き足したりして完成した曲です。

自分のペースが少し乱れてしまうので、昔から誰かと歌詞を共作するのはあまり得意ではないのですが、今回は気心の知れた隆二との作業だったので、ところどころ穴の空いているパズルのピースをハメていくような感じが面白くて、違和感なく気楽に書くことができました。『HAPPY』というタイトル通り、幸せになりたくなるような、幸せを感じられるような、実にシンプルで力強い歌詞になった気がします。

それが小さなものでも大きなものでも、人は「幸せ」を感じたいがために日々頑張って生きているのだと思う。隆二は、すごくささやかな幸せをきちんと受け止めて喜べる男だ。たとえば、初夏の朝空が真っ青だったり、おいしいものを食べたり、幼い子供が満面の笑みをこぼしたり、日々の中にありふれている小さなことにいつもちゃんと「幸せッスねえ」と、感動している。どちらかというと幸せや感動を素直に受け止められないひねくれ者の私はそれを心から羨ましく思う。

二〇一七年の正月。何人かの仲間やその家族と旅行した。隆二とNAOTOも一緒だった。NAOTOは、とにかく頭の回転が速く、一緒にいると楽しくて仕方がない。特に、酔ったとき、NAOTOほどテンポよく会話をできる相手を私はあまり知らない。そして私にとって隆二は一緒にいてとにかく気楽。その旅の、ホテルの部屋割りが、たまたま、私、NAOTO、隆二の並びだったので、毎晩誰かしらの部屋に三人で集まってバカな話をしたりバカなことをやったりして爆笑するのがとてつもなく楽しかった。新年早々めちゃくちゃHAPPYな時間を過ごさせてもらえた。

また、『HAPPY』は、小泉今日子さんが出演するドラマの主題歌になり、そのドラマのエンディングでキャストを含む大勢の方々がこの曲に合わせて踊ってくださっていた。こんなふうに間接的であっても、友人と偶然に仕事で繋がれることってとてつもなく嬉しい。

二〇一七年という年の始まりは私にとってHAPPY尽くめで、本当にめでたい幕明けとなったのである。

中山美穂
久保田利伸
中島美嘉
坪倉唯子
リュ・シウォン
藤井フミヤ
斎藤工
小泉今日子
上戸彩

CHEERS FOR YOU

WOO, FUWA, UWAH せつないくらい
WOO, CHEERS FOR YOU 大好きな My Friend

笑っちゃう　いつの間にか
窓の外 Morning Blue

受話器をあてた 耳が
しびれて　イタイよ

痛みと優しさ憶えて
永遠の恋人と　明日　旅立ってゆく

中山美穂

WOO, FUWA, UWAH 弾けた HAPPINESS
WOO, CHEERS FOR LOVE 眩しい二人でいて
WOO, FUWA, UWAH 心のままに
WOO, CHEERS FOR YOU 歩いて行こう

仲間《みんな》変わっていって
私たちだけは

同じ夢と好奇心
抱き締め続けた

傷つきやすそうに見えて
本当は二人とも　けっこう　強かったね

WOO, FUWA, UWAH 愛に抱かれて

WOO, CHEERS FOR LOVE 輝くあなたのため
WOO, FUWA, UWAH 乾杯しよう
WOO, CHEERS FOR YOU 未来が微笑む

時間《とき》は MAGIC 素直になる
泣きながら　笑ってた　あの日　忘れないで

WOO, FUWA, UWAH 弾けた HAPPINESS
WOO, CHEERS FOR LOVE 眩しい二人でいて
WOO, FUWA, UWAH 心のままに
WOO, CHEERS FOR YOU 歩いて行こう

WOO, FUWA, UWAH.
DANCIN' IN THE MEMORIES.
WOO, CHEERS FOR LOVE!

I'LL BE WITH YOU AS EVER, FOREVER.
WOO, FUWA, UWAH.
TAKE MY REGARDS TO YOUR WAY.
WOO, CHEERS FOR YOU!
EVERYTHING WILL BE ALRIGHT.

一九九五年リリース。それまでにも作詞の仕事（というか手伝い）みたいなことはたくさんやっていたのですが、作詞が本業だとは言えなかった。通訳だの翻訳だの、雑文を書く仕事だのをやりながらたまに詞を書いていたので。この曲の頃からようやく作詞だけを生業とするようになりました。

中山美穂さんとは、私がまだ高校生のときに出会いました。とても仲のいい友人グループがあって、その中の一人が彼女でした。当時、売れっ子アイドルとして、歌番組、テレビドラマ数本、ＣＭ、映画、コンサートを同時に掛け持ちしていた彼女は、本当に多忙で、みんなと集まるときも彼女だけ真夜中に少しだけ顔を出す、みたいなことが常だった。青春なんてまるでなかった彼女にはその場がほんの少しでも青春を感じる場所だったのかもしれません。同じ血液型、同じ星座、共に人見知り、なぜだか彼女とは共通する部分が多かったからこそ仲良くなった。彼女と出会って数か月後に私はアメリカに留学してしまったのですが、エアメールで文通をしたり（当時はインターネットはもちろんFAXさえもまだ一般的ではなかった)、帰国するたびに会ったり、逆に彼女が私の住んでいたロスアンジェルスに仕事で来た際に会ったりして、ずっと親交が途切れなかった。そして、私が正式に帰国する頃には、すでに彼女はトップスターになっていた。

ある日、作詞家としてはまだ半人前の私に彼女から詞の依頼があった。それがこの『CHEERS FOR YOU』です。あの頃の私は英語を多目に使うのがカッコイイと思っていましたね。日本語の大切さに今ほど気づいていなかった。ビール会社の夏のキャンペーンソングとしてCMで頻繁に流れていて、自分の書いた歌詞がテレビから毎日聴こえてくるという初めての経験に心躍ったものです。

ちなみにこの曲の作曲は、私がずっと憧れていた久保田《くぼた》利伸《としのぶ》さんで、その久保田さんの歌声の入ったデモテープを聴きながら作詞したので、創作意欲をとても触発していただいたように思います。

美穂とは先日、渋谷のデパートでバッタリ会って、その偶然を二人で大笑いしました。彼女とはいつ会っても「あの頃」に戻れます。

Thinking about you 〜あなたの夜を包みたい〜

中山美穂

窓に止まる月が　あなたの影
遠ざけているみたい　滲んで揺れる

言葉には出来ない　哀しみなら
癒す場所を私の　胸に見つけて

いつか泣いた時　腕を回して
ずっと　その愛で　温めてくれた

THINKIN' ABOUT YOU
あなたのように　包み込んであげたい
THINKIN' ABOUT YOU

太陽が夜の　月をそっと　照らすように

あなたが何処かで　思う時は
微笑んでる私が　浮かんで欲しい

時にこの街は　忙しすぎて
夢を　簡単に　傷付けてしまう

THINKIN' ABOUT YOU
悲しまないで　泣きたいだけ泣いてもいい
THINKIN' ABOUT YOU
嵐の後は　虹がきっと　架かるから

愛する事を誇れるように…
THINKIN' ABOUT YOU

口唇で空　見上げて　眩しい接吻《くちづけ》を

中山美穂さんの『Mid Blue』というアルバムのコンセプトが、「バラードだけを集めたオリジナルアルバム」で、その中の一曲としてこの『Thinking about you』を書いたのですが、「これはシングル曲っぽいからこのアルバムに入れずに取っておこう」と、しばしお蔵入りになった曲です。

当時、日本は「CDバブル」と呼ばれている時代で、とにかくすごい枚数のCDが売れていた。CDの制作費もたくさんあったようで、海外でのレコーディングも珍しくなかった。この『Mid Blue』というアルバムは、一か月以上もの間、レコーディングスタッフ、私、そして中山美穂さんでL.A.に長期滞在し、収録曲のほとんどがそこでレコーディングされました。長期滞在者向けのオシャレなコンドミニアムの部屋で詞を書いて、作詞したら、「はい、では歌を入れましょうか」と、ゆったりじっくり夢みたいな環境でのアルバム作りでした。

私はこのアルバムの制作過程で、作詞とはどういうことなのかそのノウハウを現場でたくさん学べたし、作詞家としての頑丈な基盤を作ってもらえたような気がします。今でも私が人生で一番好きなアルバムです。

さて、肝心の『Thinking about you』ですが、どういう経由でかはわからないのですが、この曲をアナウンサーの櫻井《さくらい》よしこさんがとても気に入ってくださり、櫻井さんがキャスターを務められていたニュース番組のエンディングテーマソングに採用していただき、無事にシングルとしてリリースされました。私も毎晩観ていたニュース番組だったので、まさに青天の霹靂《へきれき》でした。

この曲がリリースされた頃から、中山美穂さんのファンクラブ会報の中に『オダちゃんコーナー』というページができ、そこで十年間くらいエッセイを執筆していました。

Moondust (poetry reading by Kyoko Koizumi)

――poetry reading

ひらひらと儚く　なぜか懐かしく
こんなに悲しく笑う人に　初めて会いました
はらはらとせつなく　痛みにも似たあなた
抱きしめられると　まるで抱きしめているよう

終わりのない混迷　目覚めない幻影
月夜にあなたは何を想いますか？
月夜にあなたは誰を想いますか？
あなたは私を愛していますか？
絶え間ない月明かり　騒がない水面　そんな恋

Ah 静かに愛されて　確かにつながれて

久保田利伸

時は青く　降りて行く
消えてしまうことを　怖がらない Blue Moondust
君が僕を　照らしてるよ

君の謎も　こぼれる光も
僕の想いを　旅に連れて行く
急ぐことが出来ない僕のこと
あきれながら　そばに居てほしい

Ah 安らかな瞳で　確かな情熱で
僕を　恋を　震わせる
どんな涙よりも　透き通った Blue Moondust
君をいつも　見つめてるよ

……愛しさが

…音もなく　満ちてくままま

——poetry reading

眩しい若さとひきかえた綺麗な雫
穏やかに灯されるあなたの雫
永遠に降り止まない青の一滴《ひとしずく》
移ろいやすい私の幸せよりも
あなたの幸せのそばにいたい　あなたの

Ah 静かに愛されて　確かにつながれて
時は青く　降りて行く
消えてしまうことを　怖がらない Blue Moondust
君が僕を　照らしてるよ

Baby you'll always shine on me

Baby I want you come with me
You know love's always set you free...

高校時代、まだ自分が作詞家になるなどとは思ってもみなかった頃、久保田利伸さんのデビュー曲『失意のダウンタウン』を聴いて、「すごいアーティストが出てきた!」と衝撃を受け、一瞬にしてファンになりました。アメリカに住んでいたときは、ほとんど日本人アーティストの曲は聴いていなかったのですが、久保田さんのアルバムだけは、日本に一時帰国するたびに必ず買ってアメリカに持ち帰り、大学に通う車の中で聴いていたものです。

久保田さんとは何かと不思議な縁があります。前述しているように、私には「プロとしての最初の一歩」的な曲、中山美穂さんの『CHEERS FOR YOU』の作曲が久保田さんだった。それを書いた数年後、行きつけのバーで久保田さんと知り合い、仲良くしていただくようになり、そしてこの曲『Moondust』の歌詞を共作させていただいた。気合いが入りまくって作詞したのを憶えています。

『Moondust』は、ポエトリー・リーディング(曲中で詩を朗読する)スタイルの曲で、その朗読を担当したのが小泉今日子さんでした。久保田さん、小泉さん、私の三人は飲み仲間だったこともあって、和やかな雰囲気の中レコーディングも進行していたのですが、実は私はものすごく緊張していた。だって、あの憧れの久保田利伸のレコーディングだったから。ただし、昔から緊張すると妙にヘラヘラする癖がある私は、緊張のあまりスタジオでもヘラヘラしながら久保田さんとやり取りをしていた。小泉さんはそんな私の緊張を知ってか知らずか、淡々と私の書いた詩を朗読してくれていた。この小泉さんの朗読が、私のイメージしていた「最後の恋に生きる女性の覚悟やせつなさ」を見事に表現してくれて、それに加えて久保田さんの歌声も素晴らしくて、この曲も宝物みたいな一曲です。

レコーディング終了後、久保田さんが、「明るいオダちゃんがスタジオにいてくれて良かったよ。ちょっと緊張気味なのが和らいだよ」と笑顔で言ってくれて、ヘラヘラしてたのが逆に良かったんだ、と、胸をなでおろしました。

FLOWER OF TIME

中島美嘉

それがそう　愛だとは
知りもせずに
あの日そう　ボクたちは
出逢ったね

キミがボクの名前
呼び捨てにするたびに
ただどうしようもなく
キミだけが
好きで好きで

You know my love?

ボクのこと
愛してくれるのは
キミがねぇ
最初で　最後だと想う goin' on
ah 傷ついた
この地球《ほし》の片隅に
悲鳴をあげて
生まれた
everlasting love

風が吹き　花が咲いて
キミが微笑《わら》う
ささやかに　揺るぎなく
キミが微笑《わら》う

ちょっと前のボクは
追いかける夢もなくて
嘘を重ねながら
幸せを　塗りつぶした

I know your love
嵐でも
雨空の果てには
鮮やかな星が always
瞬いてキミを照らす
ah 祈るように
未来に手を伸ばして
この灯火を
育んでいればいい

I hear your voice in the wind.
If I come back as something,
I will be loving you.
健気に守るよ
約束した flower of time

You know my love?
ボクのこと
愛してくれるのは
キミがねぇ
最初で　最後だと想う goin' on

ah 傷ついた
この地球《ほし》の片隅に
悲鳴をあげて

生まれた
everlasting love
ah 痛みさえ
愛だと受け止めたら
紡いで行ける　優しい
everlasting love
It's a flower of time...love

二〇〇一年、彗星《すいせい》のごとく現れ、あれよあれよという間にトップアーティストになった中島美嘉《なかしまみか》さん。彼女が新曲をリリースするたびに、中島美嘉という歌い手は、歌詞を、曲を、とても大切に歌う人だなぁと思っていた。彼女は歌を愛しているし、彼女は歌に愛されていると。

作詞家という職業に就いていると、あの人に歌詞を書きたい、この人に歌詞を書きたいという欲望がムクムクと湧いてくるものなのですが、どんな曲を歌っても中島美嘉の歌声には常に美しくて優しい魂が宿っていると私は感じていて、彼女には絶対に詞を書きたかった。美しくて優しい魂にそぐうような、儚くも強い、そんな歌詞が。

幸運なことに彼女にも出会うことができ、家族ぐるみで付き合うような関係になり、そして私は彼女にハッキリ直談判した。「美嘉に作詞したい。しかもバラード曲がいい」と。彼女は「うん、書いて書いて」と、何でもないような感じですぐに私の願いを叶えてくれた。意外かもしれませんが、私が作詞家になってからアーティスト本人に歌詞を書かせてほしいと直談判したのは、中島美嘉さんただ一人です。

この『FLOWER OF TIME』の歌詞は、私の歌詞をある程度聴いてくれている人なら絶対に「いかにも小竹正人って歌詞」だと気づくのではないだろうか。それくらい、自分らしい歌詞だと思う。この曲を聴くたびに、やはり美しく優しく強く、どこか儚く歌ってくれている中島美嘉さんの声が本当に大好きだと改めて思います。そして、私が死ぬ前に、もう一曲くらい彼女に作詞させてほしいとも思います（笑）。

「ご飯に行こう」と約束しているのに、最近全然会えていない美嘉。「忙しくて」なんて曖昧なことを言ったら、「忙しいっていっても、ご飯行く時間くらいあるっしょ？」と絶対に言うであろう美嘉を焼肉に誘おうと思う（二人で食事するときはいつもなぜか焼肉なのである）。彼女はいつものように焼肉をおかずに、白米をモリモリ食べるであろう（笑）。

青のレクイエム

風が吹き抜けた once in my life
幾千回の出会いの中で
胸を貫いた You're shootin' star
友情よりも　強く深く

あの日失くした　自分の piece《カケラ》 たち
あなたが全て　隙間を埋めてくれた
Day by day 悲しみが降り注いで
泣きじゃくる地球で　支え合ってたよね 2 of us

とても優しい瞳《め》をしてた
あなたが歌う　青の鎮魂曲《レクイエム》

坪倉唯子

決して忘れはしないから
未来の果てを　奏でていて　死ぬ最期《とき》まで

私はどんな　温もりをあげたの？
寂しさよりも　深く孤独な夜に
Long way road うつむく私の側で
報われぬ涙を　いつも笑顔にしてくれた

とても悲しい瞳《め》で笑う
あなたがいつか　消えてしまうと
そんな予感が　してたけど
記憶綴じれば　逢いに行ける　あの空まで
all night long　"サヨナラ"　を庇《かば》うように
何にも言わないで　星の海に抱かれた blue star

風が吹き抜けた once in my life
幾千回の出会いの中で
胸を貫いた You're shootin' star
友情よりも　強く深く

とても優しい瞳《め》をしてた
あなたが歌う　青の鎮魂曲《レクイエム》
I miss you 忘れはしないから
未来の果てを　奏でていて　死ぬ最期《とき》まで

今回この本の中で触れさせていただいているアーティストの中で、唯一面識がない方、それが坪倉唯子《つぼくらゆいこ》さんです。坪倉さんが有名になった頃、私はロスアンジェルスに住んでいたので、坪倉さんのことは、B.B.クィーンズのヴォーカルとして、アニメ『ちびまる子ちゃん』の初代エンディング曲の『おどるポンポコリン』を歌っている方ということくらいしか知らなかった。

この曲『青のレクイエム』は、アニメ『SAMURAI DEEPER KYO』のオープニング曲だったので、原作漫画を読み、その内容を広げたラブソングとして作詞した。カップリングの『LOVE DEEPER』という曲も同アニメのエンディング曲だったので、同じく原作漫画の主人公を意識して書かせていただいた。そして、完成した二曲を聴いたとき、坪倉さんの歌唱力に圧倒された。歌が上手いシンガーの方は星の数ほどいるけれど、坪倉さんは、書き手が驚愕するくらいのシンガーだと思った。

『青のレクイエム』と『LOVE DEEPER』が、私の中で特別な曲なのには理由があります。「アニメソングで好きな歌詞」のランキングでこの二曲が上位に入り、詞を書いたことで、私のことなどまるで知らなかった方々からファンレターのような手紙を貰うようになったのです。アニメの熱狂的なファンの方々はみなさん本当に鋭い審美眼《しんびがん》を持っているので、送ってきてくれる手紙もどこか文学的かつ奥深くて、読んでいてとても励みになりました。

今の時代、手書きで誰かに手紙を送ることはとても面倒で稀有なことになっている。私もめったなことでは手紙など書かない。けれど、私のもとにはたくさんの手紙が届く。歌詞の感想を伝えてくださる方や歌詞を提供しているアーティストのファンの方から。そして、LDHの所属メンバーの多くも、メールではなく、きちんと真心のこもった手紙を書く人が多い。見習いたいところです。

以前、AKIRAが突然手紙をくれた。A4の紙二枚にすごい筆圧で（笑）。内容に関しては触れないが、普段からの感謝を書き綴ってある手紙だった。その中に、「HIROさんのように強く、オダちゃんのように優しい、本当の大人を目指して本気で頑張ります」と書いてあって、どうしようもないくらい幸せな気持ちになった。そしてここでＡＫＩＲＡに言いたい。「あなたはもうすでにちゃんと強くて優しい大人になっている！」

東京タワー

窓に東京タワー　空港までの道
次に君の笑顔　見れるのはいつだろう?

またすぐに会えるよ See you, my love
泣かなくていいよ

澄み切ってる　青空《そら》から　ほら君が降るから
優しい歌　心で　口ずさみ旅立つよ

そっと東京タワー　指先に乗せるよ
僕の帰る街に　持ち帰ってみるんだ

リュ・シウォン

目を閉じて願えば So long, my love
いつかは叶うさ

夕焼け雲過ぎたら　もうすぐバスを降りて
東京タワー　鞄に詰め込んで旅立つよ
楽しすぎた事ほど　後で　せつなくなる
でも新しい思い出　僕と作ろうよ
夕焼け雲過ぎたら　もうすぐバスを降りて
東京タワー　鞄に詰め込んで旅立つよ

Sing, sing a song for you
Listen to this song
I just sing for you, just for you......

リュ・シウォンさんは韓国の俳優で、出演した韓流ドラマが日本でも放送され、そこから人気に火が点き、二〇〇四年の日本でのアルバムデビューから今日に至るまで、ずっと日本でもCDをリリースされています。数多くの詞を書かせていただきましたが、二〇〇五年には韓流・華流アーティストのトータルセールス一位になり、武道館や東京ドームでのライブを何度も観に行かせていただきました。

韓国のアーティストの方に作詞をさせていただくのは初めてだったのですが、レコーディング時に用意される歌詞が独特で、まずは日本語の歌詞があり、その下に日本語の歌詞をどう発音するか別の色で韓国語で書かれていて、そのまた下には歌詞の意味がこれまた別の色で韓国語で書かれていて、通常なら一行で表記するところが、三行三色で表記されていて、言葉の国際交流をさせていただいているような気持ちになりました。

リュ・シウォンさんは、日本と韓国を行ったり来たりして、ものすごく多忙なはずなのに、いつ会っても穏やかでとても紳士的な方でした。この曲『東京タワー』は、日本での多忙な仕事を終え韓国に戻るシウォンさんが、空港への道すがら東京タワーを見ながらほんの束の間でもその多忙さを忘れて、自分の心をリラックスさせてくれていたらいいのに、そんな想いを込めました。そして、たくさんの熱狂的なファンの方々が好きになってくれるような歌詞にしようと意識しました。

私は、夜の東京タワーが好きです。生まれる前から東京の真ん中に立っていて、近くから見ても遠くから見ても、常に安心感をくれる。あんなに高いタワーなのに威圧感がない。外での仕事が終わったあと、疲れているときなんかに、ふと窓の外にひかえめに光る東京タワーが見えると、なんか励まされているような気持ちになります。私は、周りの人々にとって東京タワーのような存在になりたいです。

Thrill up

Radio から流れ出す Heat of the wave 海へ行こう
キミとボクを隔ててる Spider web 取り除こうよ
Eden の林檎 Suddenly 齧《かじ》った Atmosphere
地球が絞る　夏を Drink up together!

だんだん Thrill up してる
光線を　遮る　白い手首に
クチビル　押し当てて　ホラ Moon Fantasy な夜を

藤井フミヤ

もっと話し合おうよ　裸で　そばにおいで
行方が見えないなら　背中に地図を描こう

ねぇ　こんな風《ふう》に　熱を帯びた Inferno of summer
海より Deep に　君と Dive in together!

だんだん Thrill up してる
照り返すブロンズ Glamouroussy に
今すぐ　目を閉じて Come on! Moon Fantasy な夜を
Moon Fantasy な夜を

キミと出会って　こんな想いに溺れるなんて

計算違い　空よ Please cool me down!

だんだん Thrill up してる
光線を　遮る　白い手首に
クチビル　押し当てて　ホラ Moon Fantasy な夜を

だんだん Thrill up してる
照り返すブロンズ Glamouroussy に
今すぐ　目を閉じて Come on! Moon Fantasy な夜を
Moon Fantasy な夜を
Welcome to my shining Moon Fantasy

藤井《ふじい》フミヤさんは、「カッコイイ」、その一言に尽きます。二十年くらい前から同じ遊び場でよく会うようになり、その頃極度の人見知りだった私はフミヤさんとなかなか話すことができなかった。けれど、何度も何度も会うにつれ、挨拶を交わすようになり、少しずつ話すようになった。そしていつの間にか、年上で大先輩のフミヤさんのことを私は「フミヤくん」と呼んで慕うようになった。

フミヤくんはとにかく粋《いき》でオシャレで大人で、そしていつも優しいのである。どんなときにどんな場所で会っても絶対に変わらず、「小竹、お前、元気か?」と必ず言ってくれる。どんなに酔ったときでも決して先輩には連絡しない私も、「今、○○で飲んでるんですけど、フミヤくんは何してるんですか?」と、連絡したことがある。それだけフミヤくんは私を甘えさせてくれる存在で、なんか本当に「兄」のような人である。

そんな藤井フミヤさんに初めて書かせていただいた曲が『Thrill up』です。作曲はフミヤさんと、これまた旧知《きゅうち》の仲の屋敷豪太《やしきごうた》さん。曲をもらったのが年末だったので、年明けのハワイ（一時期私は、飯島直子《いいじまなおこ》さんや何名かの他の友人と年始に一週間くらいハワイに滞在するのが恒例だった）で作詞させていただきました。ビーチの目の前のコンドミニアムで窓を全開にしながら、普段とはまったく違うかなり爽快な環境での作詞だったので、この歌詞は、私が書いたにしては飛びぬけてカラッとしています。シングルの表題曲になることを知らなかったので変な気負いもなかったし、とにかくありえないくらいリラックスした状態で書かせていただいた。これを書いているとき、すぐ近くに飯島直子さんがいたので、歌詞の中の「キミ」はほぼ彼女をイメージしました（笑）。

100年PARK

藤井フミヤ

あの日と同じ　風の中　会いに行く　会いに行く
You are my sunshine through the rain, sunshine through the night
Coming on the wind, coming on the love

窓の外揺れる　10月の高架線
煙突の先に　停まる太陽

100年PARK は今も緑が　萌えるだろう
いつも　夢と　戯《たわむ》れてた Place in the sun

遠い空　見上げてた　君に今日　会いに来た　会いに来た
You are my sunshine through the rain, sunshine through the night

Coming on the wind, coming on the love

安物の Ring 無防備なキス Hide n' seek
口笛で吹いた　曲は Song for you

100年PARK で見てた未来が　息づいて
やっと　君を　迎えに来た It's time to start

あの日から吹き続く　風の中　会いに行く　会いに行く
You are my sunshine through the rain, sunshine through the night
Coming on the wind
遠い空　見上げてた　君に今日　会いに来た　会いに来た
You are my sunshine through the rain, sunshine through the night
Coming on the wind, coming on the love

100年PARKに降る星屑を　かき集め
Your life will be my life 君の指 Put on forever

坂道を駆け登り　今　君に　会いに行く　会いに行く
You are my sunshine through the rain, sunshine through the night
Coming on the wind
遠い空　見上げてた　君に今日　会いに来た　会いに来た
You are my sunshine through the rain, sunshine through the night
Coming on the wind, coming on the love

この頃、立て続けに藤井フミヤさんに作詞させていただいていて、二〇〇四年にリリースされた『POP★STAR』という、この曲が収録されているアルバムでは他にもたくさんの歌詞を書かせていただきました。フミヤさんと屋敷豪太さんの共作の曲はどこか必ず凝っていながらもキャッチーで、作詞のイメージをグンと膨らませてくれ、いい意味で私っぽくない歌詞をたくさん書きました。このアルバムも私を作詞家として鍛えてくれたアルバムです。

『100年PARK』は、藤井フミヤさんの出身地である福岡県久留米《くるめ》市にある「久留米百年公園」（久留米市の市制百周年を記念してできた公園）がモチーフになっています。

これを書いた頃、私はとにかく体のあちこちに不調をきたしているような最悪の健康状態で、東京の病院を何軒まわっても「原因不明」と言われていた。そこで、最後の頼みの綱として、「名医」として名高い、私の親戚のS医師のもとに行った（幼い頃私を可愛がってくれた叔母がそのS先生の奥さんであります）。S先生の病院があるのが偶然にもフミヤくんの出身地の久留米だったのである。穏やかな土地柄と、本当に名医と呼ぶしかないS先生のおかげで、私はすっかり健康を取り戻したのだが、福岡空港から久留米までの高速バスの中からふと見つけた「百年公園」という公園の名前がとても印象に残り、思わず『100年PARK』というタイトルの歌詞を書いた。この歌詞のテーマが「前向きな再会」になったのは、きっと私が久留米で健康を再び取り戻したからなのだと思う。それを久留米出身の藤井フミヤさんに歌ってもらえたとは、これはもう必然といってもいいのかもしれない。

サクライロ

口笛吹いて　浮かぶメロディー
つたない言葉　乗せてみたら
あなたのための歌になった
出せないままでいた手紙を
書き直して読んでるようで
なんか懐かしくなっていた

あの日風の中であなた　サクライロに染まりながら
ハラハラ落ちる花びらに包まれ　僕に向かって手を振ってた

忘れられない人よ　若すぎた僕らは
好きだって気持ちだけ　それだけでもう

斎藤工

ホントに大事なものを　捜そうとしないで
明日《あす》に迷いながら　走ってた

時計をはめてないあなたは
ねえ何時？っていつも僕に
時間を聞く癖があったね
現在《いま》のあなたはどんな顔で
誰に時間聞いてるんだろう？
そんなコトぼんやり思った

若さってヤツは案外　サクラのイロとおんなじで
眩しく鮮やかだけれど儚い　だからあんなに綺麗なんだね
忘れられない人よ　今更想うんだ

また逢ってみたいとか　そんなんじゃなくて
ただ真っ直ぐに優しく　最後くらいあなたを
抱きしめてみせれば　よかったと

どうしようもなく未熟なところが似ていた僕らは
同じ悲しみを持っていたはずだった
僕はあなたを　もっともっと　愛せたはずだった
忘れられない人よ　若すぎた僕らは
好きだって気持ちだけ　それだけでもう
ホントに大事なものを　捜そうとしないで
明日《あす》に迷いながら　走ってた
夢にはぐれながら　走ってた

EXILEの橘《たちばな》ケンチが出演していたので毎週欠かさずに観ていた深夜ドラマ『QP』の主役をやっていたのが斎藤工《さいとうたくみ》くんでした。それ以前もいくつかのドラマや映画で斎藤工くんを観ていて、端整な顔立ちながら様々に異なる役どころを演じ、毎回強烈な印象を与えてくれる役者さんだと思っていた。この人はきっとブレイクするのだろうなと思っていたら案の定だった。

ある日、同じLDHに所属していたソングライターのマシコタツロウさんに、斎藤工くんの曲の作詞の話をいただいた。工くんが歌を歌っていることを知らなかったが、ドラマや映画のインパクトが素晴らしいものとして私の中に残っていたので、二つ返事で引き受けた。なんとなく「アンチ優等生っぽい役柄が多いが、実はとても穏やかな人なのではないだろうか」と思っていたので、そのイメージで歌詞を書いた。工くんの声が入った『サクライロ』を初めて聴いたとき、想像通りの柔らかくも憂《うれ》いのある歌声で、この人の声、とても好きだなあと思った。彼自身が監督したこの曲のMVも、どこかもの悲しくて大好きだ。何度も観た。

　そして、これまた素晴らしきかな人生、共通の知り合いがあまりにも多く、『サクライロ』を書いた翌年、私は工くんと当たり前のように出会うことになる。無口なのにユーモアに溢れ、想像していた通り落ち着いていて、めちゃくちゃいい人だった。私の歌詞をたくさん知ってくれているところも、嬉しい限りである。酒豪のように見えて、酒が飲めない工氏の代わりに、わたしはいつだって何杯だってテキーラを飲む覚悟がある（笑）。

　だから工氏、「もう歌は……」などと言わず、いつかまた歌ってください。

Nobody can, but you

Moon, star,
How are you? Can't you hear me?
Breeze, blessing,
I feel you. Yes, I do, yes.

Like the star needs the blue night,
Like the song needs my voice,
I want you to be in my fantasy.

Close? Open?
Are you there? Now, I am starless.
Please. Hello.

小泉今日子

I smell you. Yes, I do, yes.

My bible will be bubble.
I have been lookin' for
Something in the name of real love.

I make a wish to fly to you, to you,
When I get lost in this pain.
Nobody can, but you,
Take me to where I believe.
Nobody can, but love,
Take me to where I smile.

Moon, star,
夜空を見上げて

Breeze, blessing,
風を感じて
あなたを想う　どんな時も
呼吸をするように

I make a wish to fly to you, to you,
When I get lost in this pain.
Nobody can, but you,
Take me to where I believe.
Nobody can, but love,
Take me to where I smile.

Nobody can, but I can...

【訳詞】

月よ、星よ、 元気ですか？ 私の声が聞こえますか？
風よ、祈りよ、 私はあなたをすぐ近くに感じています

星が青い夜を必要とするように
この歌が私の声を必要とするように
幻想でもいいから私はあなたに逢いたい

閉まってるの？ 開放しているの？ あなたはそこに居るの？ 今の私には星が見えないみたい
お願いよ お願い あなたの匂いが確かにするの

私の聖典が泡になりそう
「真実の愛」というものを私はずっと捜し続けているのよ

このせつなさに迷子になるたび
あなたのもとに飛んで行ってしまいたくなる

あなた以外の誰も信じるなんてできないから
愛以外の何も私を笑顔にはしてくれないから

月や星が輝く　夜空を見上げて
祈りながら　風を感じて
あなたを想う　どんな時も　呼吸をするように

このせつなさに迷子になるたび
あなたのもとに飛んで行ってしまいたくなる
あなた以外の誰も信じるなんてできないから
愛以外の何も私を笑顔にはしてくれないから

私以外の誰も……

楽曲のイメージから、「英語の歌詞がいいかも。日本語英語みたいな感じになってもいいからメロディーに優しく乗せられるような歌詞が」という小泉今日子さんの提案のもと、小泉さんと共作詞させていただきました。四半世紀を「親友」として共に過ごしてきた小泉さんに初めて書いた歌詞です。本当に日本語英語で文法的には「？」という部分もありますが、大好きな歌詞です。

私にとって人生で一番大切だった出会い、男性ではぶっちぎりでHIROさん、女性では小泉今日子さんである。人生の前半で出会った今日子、後半で出会ったHIROさん、この二方に出会えていなければ今の私はいないし、間違いなくもっとつまらない人生を歩んでいた。大人になってからの幸せも、いつの間にか蓄《たくわ》えていた強さや優しさも、二人の存在がなかったら絶対に私の中に息づいていない。だからこそ私は「人生何よりも人との出会い」と、後輩たちに口を酸っぱくして言ってしまうのだ。今世ではどうやっても恩返しができないので、来世で恩を返さなければならない。本気でそう思う。

小泉今日子と私の一番の共通点、それは「暗い」ということ（笑）。暗いと言うと語弊があるだろうか、何だろう……いろんなことにおいての考え方や行動が地味で質素。言い換えれば、普通のことを当たり前にひっそりと自分自身で普通にやる。何でもかんでも他人に頼むことがいかに傲慢《ごうまん》なことか、自分のことくらいは自分できちんとやるべきだと、それも彼女から学んだたくさんの「美学」の中の一つだ。

世間が持つ、潑剌《はつらつ》としたイメージとは裏腹に、彼女は仕事のとき以外はかなりひっそりと生きている。大勢で騒いだりはしゃいだりするくらいなら実は一人でいたがる。これだけ長い間、華やかな世界の一線に身を置いているのに、華美《かび》でダイナミックなことにあまり興味がない。それはもう二十代の頃からそうだった。彼女ほどではないが、私もそういうタイプだったから仲良くなったのかもしれない。

この歳になって思う。私の一番の親友は「孤独」で、二番目の親友が今日子なのだと。そして、私も、そんなふうに彼女の二番目の親友でいたいと。

Serenade

Blue night Moon light
この夜に　小さな想いをそっと浮かべましょう
Blue night Holy light
この海は　きっとあなたへとつながってるから

月灯りに揺れる　あの水面の橋を渡って

I've been waiting for you
いつの日も
I'll be praying for you
祈ってる
You've been lighting for me

小泉今日子

この愛を
You'll be shining for me
信じてる

Blue night Star light
この星に　小さな願いをそっとたくしましょう
Blue night Holy light
この空を　きっとあなたも見上げているから

流れ星がひとつ　胸のなかに堕ちて光った

I've been waiting for you
いつだって
I'll be praying for you
感じてる

You've been lighting for me
この愛を
You'll be shining for me
信じてる

夜空の Serenade あなたにそっと届くように

I've been waiting for you
いつの日も
I'll be praying for you
祈ってる
You've been lighting for me
この愛を
You'll be shining for me
信じてる

I've been waiting for you
I'll be praying for you
I've been waiting for you
So, I'm singing for you

I've been waiting for you
I'll be praying for you
Yes, I'm singing for you

青く美しいカリブ海に浮かぶ「トリニダード・トバゴ」という国がある。誰に言ってみてもほとんど「聞いたことがない」とリアクトされてしまう、あまり馴染《なじ》みのないこの国に、小泉今日子さんと中山美穂さんと共に訪れた。二人が出演する旅番組がこの国で撮影され、それに「二人それぞれのファンクラブ会報に旅レポを書く役割」という名目で同行させてもらったのだ。二十年近く昔のこと。

トリニダード・トバゴは「スチールパン」の発祥地である。スチールパンとは、ドラム缶から作られた音階のある打楽器で、独特のカッコよくも感動的な音色を奏でてくれる。この旅でその工房を訪れたり、スチールパン演奏の世界コンクールの練習風景や本番を見たりした。

旅番組の撮影終了後、中山さんは先に帰国したのだが、小泉さんと私は現地に残り、この曲『Serenade』に入っているスチールパンの演奏のレコーディング現場に立ち会った。とても貴重で素敵な体験をさせてもらった。

さて、この旅でも私は小泉さんから学んだことがある。過度な欲求

（主に物欲）はみっともないだけだということ。日々の暮らしの中、余計なものはさっさと手離して身軽になるべきだと。彼女のすっきりとした生き方は、欲求のコントロールを聡明にできているからこそのものだと思う。私もそれにならって、いつからか浅ましい物欲がなくなった気がする。余計なモノに溢れている生活は実に無意味だ。そして、人生の後半で遅ればせながら気づいた。「生きていく上でお金はとても大事。けれど本当に欲しいものは決してお金では買えない」と。

小泉さんと共作した『Serenade』の歌詞は、今聴いてみても、どちらがどの部分を書いたのかまったく覚えていない、けれど改めて歌詞を読んでみると、すべての言葉がちゃんと私っぽい。それくらい小泉さんとの共作はいつも違和感がなくしっくりときていた。

某音楽専門誌の、とてつもなく偉い方が、この曲で作詞家・小竹正人を知ってくださり、歌詞がいいと思ってくださっていたことをつい最近知り、長いこと作詞家を続けてきてよかったと、心からありがたく思った。

感傷

懐かしい声が聴こえる　疲れ果てた夜の片隅
忘れたはずの涙が　滲んだ

どうしてこんなに　悲しくなるんだろう？
子供みたいに　泣きたいなんて…

私の名前を呼んでる　人が居たよ　遠い夏
優しい愛と温もりで　強く痛く抱いた　あなた誰なの？

知らない方がいいコト　知らなかったあの日の私
無傷《むきず》で綺麗な夢を　見てたね

上戸彩　作詞・作曲「PIPELINE PROJECT」

心の奥に　素直さを閉じ込めた
それが弱さと　気付きもせずに…

私の涙を拭って　髪を撫でて　眠らせて
そう遠くは無い昔にいつも笑顔くれた　あなた誰なの？

昨日の私を許して　忘れていた　あのメロディー
明日は思い出せるように　そっと瞳閉じて

私の名前を呼んでる　人が居たよ　遠い夏
優しい愛と温もりで　強く痛く抱いた　あなた誰なの？

作詞家人生のひと頃、「PIPELINE PROJECT」という、TUBEの前田《まえだ》亘輝《のぶてる》さん・春畑道哉《はるはたみちや》さんを中心とした音楽制作チームの一員として数々の作詞をしていたことがあります。この『感傷』はその頃に書かせていただきました。

ドラマ「3年B組金八先生」マニアだった私は、金八先生の全シリーズを観ています（笑）。そして、数えきれないくらいたくさんの生徒役の中で最も強く心に残ったのが、第六シリーズで性同一性障害の役を見事に演じていた上戸彩さんでした。その頃にはもう私はとっくに作詞家になっていたので、「この鶴本直《つるもとなお》役をやっている子にどうしても詞を書きたい」と、今までに思ったことがないくらい強烈に熱望し、その想いを前田亘輝さんやPIPELINE PROJECTのプロデューサーに伝え、奇跡のように実現させていただいた曲、それが『感傷』です。上戸彩さん（というか鶴本直さん）への勝手な思い入れが炸裂しすぎて、最初は、十代の女の子に歌ってもらうにはあまりにも暗くて難しい内容の歌詞になってしまったのですが、前田さんからたくさんの的を射たアドヴァイスをいただきながら書き直しました。

そして、奇跡はこれだけでは終わらなかった。どこか輪廻転生を匂わせたつもりの『感傷』を書いた数年後、私はＨＩＲＯさんに出会い、その二年後に上戸彩さんにも出会った。全然別の場所、全然違うタイミングでの出会いだったけれど、私は、ＨＩＲＯさんとも彩ともそれぞれにとても深く親しくなった。そして、まるでそれが決まっていたかのように二人に恋が芽生え、その恋が育まれていくのを誰よりも一番近くで見ていた。「言わなくてもいいことは他人には言わない」が私の美学でありモットーでもあるので、ただただ一人で何年間も二人の恋の行方を静観しながら近くにいた。やがて、ＨＩＲＯさんも彩も、私にとって本当の家族のような存在になり、だから二人が結婚したことは自分のこと以上に嬉しかったし、当然の成りゆきだと思った。

二人の間に生まれた子供は、今の私にとって世界一愛おしい存在になっている。幾多もの自分の恋愛を振り返りながらも、結局、恋は愛には勝てないんだと確信してしまうくらいに。

"空に住む ～Living in your sky～"

"Unfair World"

Special Message

今市隆二　登坂広臣

空に住む　～Living in your sky～

今日の空は晴れてますか？
どんな色をしていますか？
流れる日々に　迷わぬように　見上げていてください
数えることできないくらい
たくさんの夢があなたを
見守ってるから　待っているから　うつむかずに　笑っててよ

あなたが涙を流すたびに　ただ黙り込んで
慰める言葉も　知らずにいた僕を許して

ありがとうって言えないまま
あなたに逢えなくなってしまったけれど

三代目 J Soul Brothers from EXILE TRIBE

I'm living in your sky この空に　僕はいる
誰よりも愛してた…いつまでも愛してる

この世界は思うよりも
優しさで溢れています
たとえどんなに　未来を遠く　感じたって　負けないで

あなたが初めて僕のことを　抱きしめたときに
感じた温もりは　今でもこの胸にあるから

ごめんねって言えないまま
あなたに逢えなくなってしまったけれど
I'm living in your sky この空の　彼方から
晴れた日も　雨の日も　いつだって愛してる

はぐれた孤独を　繋ぎながら　僕らの空は広がる

ありがとうって言えないまま
あなたに逢えなくなってしまったけれど
I'm living in your sky この空に　僕はいる
誰よりも愛してた…いつまでも愛してる

これはもう作詞家としてではなく、一人の人間として、一番思い入れのある曲です。

私の初めての小説『空に住む』は、「日本初の主題歌付き小説」として発売され、その主題歌となったのがこの曲です。映画やドラマにも主題歌があるのだから、小説にもあっていいのではないか、という発想からそうなりました。

昔から唯一の趣味が読書というくらい本が好きではありましたが、小説を書こうと思ったことも書いたこともなく、いきなり出版社の方に「まずはプロットを読ませてください」と言われ、まるでベルトコンベアに乗せられて書いているかのように、日々試行錯誤しながら執筆し、途中からだんだんとペースが摑めて楽しくなり、しかしテーマがとても重かったので、かなり集中しながら執筆しました。

小説で一番書きたかったのは死んでしまった猫のこと。多忙な日々の中、愛猫が難病にかかり、徐々に命の灯火《ともしび》が消えていくのを目の当たりにしていた数か月。仕事をしながらも毎日のように動物病院に通い、毎日のように猫の血がついたものを洗ったり拭いたりして、地獄のような時間を朦朧《もうろう》としながら過ごしていた。ときには誰かに頼ればいいのに、厄介な性格の私は、とにかく何もかもを自分だけでやって、それを自分と愛猫が生き続けていることの証にしていた。今でも様々な場面がフラッシュバックしますが、もう何年も前のことなのに、猫が逝ってしまったことをいまだに実感できずにいます。

私は、愛猫と共に闘ったその悪夢のような数か月をどうしても忘れずにいたかった。それが「悼む」ことだと思った。あまりにも私的な小説になるのは嫌だったので、あえて主人公を女性にして、登場人物や他の設定のほとんどをフィクションにした。そうして初めての小説を書き上げ、いざ主題歌の歌詞を書き始めたら、小説を書いているときとは比べ物にならないくらい、つらかった。小説では真実を交えながらもあくまで架空の物語を綴《つづ》ったけれど、歌詞には空想や想像を入れ込むことができなかった。長い作詞家生活の中で、泣きながら作詞したのはこの曲だけです。つらいがゆえに泣きながら書くような詞は、もう二度と書きたくない、そう思います。

けれど、この『空に住む』には、忘れられない素晴らしい思い出もあります。

まず、この本の帯に、私の最も深く古い付き合いの小泉今日子氏と妻夫木《つまぶき》聡《さとし》氏が素晴らしいコメントを書いてくれた。小泉さん、妻夫木さん、本当にありがとうございました。

そして、小説を出版するにあたって、デビュー当時からずっと作詞提供させてもらっている三代目のみんなが協力してくれて、主題歌を担当してくれるだけではなく、本の初版《しょはん》に三代目メンバー誰か一人のサインと私のサインをつけることになった。このサイン書きを、事務所の会議室で各メンバーと何日もかけて一緒にやったのだが、そのときにNAOTOと、直己と、健二郎と、隆二と、臣と、ELLYと、がんちゃんと、それぞれたくさんの会話をしながらサインを書いていた。その日のサインのノルマが終わると一緒に食事に行ったりもした。

そこで私はメンバーみんなとかなり親交を深めた。私は初版の全冊にサインを書かせていただいたので、三代目メンバーよりも何倍もサイン書きの量が多かったのだが、すっかり腱鞘炎《けんしょうえん》になった腕に鍼《はり》を打ったりしながらも、また会議室にサイン書きに行くと、数千冊の『空に住む』が入った段ボールの山（壁一面に高々と積み上げられていた）に黒いペンで【大、大、大ヒットお願いします!!☆ 大ヒットしたらPARTYしましょう!! 大ヒット〜!!】と、ELLYがデカデカと書いてくれていて、疲れが吹っ飛んだ（笑）。多忙な時期に協力してくれた三代目メンバーへの感謝は一生忘れない。三代目の皆様、本当にありがとうございました。

それから、昨年の私の誕生日。HIROさんが最高の食事会をセッティングしてくれて、いい歳をして夢のような誕生日を迎えさせてもらったのだが、その二次会で、酔いに任せて、隆二と臣とがんちゃんと私でカラオケに行った（なぜかちゃっかり佐野玲於もついてきた）。そこで、サプライズ（というか突然の思いつき）で、隆二と臣が『空に住む』を歌ってくれたのである。当時、この曲は一般にCDとして発売されていなかったし、ライブでも披露していなかったし、カラオケにも入っていなかったので、臣の携帯電話に入っている音源で。それにがんちゃんが即興で振りをつけてパフォーマンスしてくれた。ただただ嬉しかった。三人ともかなり高価で素敵な誕生日プレゼントをくれたが、私はこの『空に住む』が一番嬉しかった。玲於がいなかったら絶対に号泣していたと思う。「息子のような存在の玲於に、情けないところは見せらんねえ！」と必死で堪えたのだ。ただし、このパフォーマンスの様子をこれまたちゃっかり玲於が動画に収めてくれていたので、玲於がいてくれてよかった。HIROさん、隆二、臣、がんち、そしてついでに玲於、本当にありがとうございました。

さらに、二〇一六年の十一月に名古屋を皮切りに始まった三代目のドームツアー『METROPOLIZ』のセットリストに『空に住む』が入った。よほどのファンでなければ知らない人が多いこの曲を披露することになったのは、今市・登坂の両ヴォーカルが切実に望んでくれたからだそうだ。このツアーの初日を観に行って、この曲を改めて生で聴いたとき、これまた泣くのを必死で堪えた。『Bloom』のくだりで書いた号泣事件は別として、私は「泣くときには絶対に一人で泣く」というのをモットーとしているので。隆二、臣、本当にありがとうございました。

ちなみに、その愛猫が亡くなった直後に私は今市隆二と登坂広臣に出逢った。猫は逝ってしまったが、この曲の中でちゃんと生きている。

Unfair World

「あなただけは信じてる」　呟《つぶや》いて君は目を逸《そ》らす
何を見ているの?と　僕が問いかけたなら
「…星を見てる」　そう言った

今日も　忙《せわ》しい　裏切りの街では　夜空に星なんて見えなくて
ビルの上の航空障害灯が　点滅するだけなのに

泣いていいんだよ　この腕の中　疲れ果てて眠るくらい　泣けばいいさ
その哀しみに　触れられない僕は　ただ君を抱きしめていよう
人は誰しも　光と影が　交差する世界の果ての　迷える旅人
色褪《いろあ》せてる　朝日昇るまで　一緒に眠りに就《つ》こう In unfair world

三代目 J Soul Brothers from EXILE TRIBE

希望《ゆめ》の欠片《かけら》捨てるたび　屋上へ君は駆け上がる
涙こぼれないように　九十度に首を曲げて
もどかしいほど　空を見る

そして　僕は　少し離れた場所で　愛《いと》しさを持て余しながら
心で君を守っているよ　それが僕の愛だから

月も星も　ひとりきりでは　決して光り輝いたりできはしない
夜の裏側　うつむいた誰かを　太陽が今照らしてる
君になりたい　君になって　何もかも僕が代わりに　乗り越えて行きたい
断ち切ること　出来ないやるせなさを　声が嗄《か》れるまで　叫び続けて

明日《あす》はどんな嘘が君を
傷付けるのだろう？

その傷は僕がきっと
塞いでみせるんだ
明日《あす》はどんな闇が君を
苦しめてしまうんだろう？
君を照らすんだ Cry for your love

泣いていいんだよ　この腕の中　疲れ果てて眠るくらい　泣けばいいさ
その哀しみに　触れられない僕は　ただ君を抱きしめていよう
人は誰しも　光と影が　交差する世界の果ての　迷える旅人
色褪《いろあ》せてる　朝日昇るまで　一緒に眠りに就《つ》こう In unfair world

星が好きだ。物心ついたときから星が大好きだった。プラネタリウムとか天体望遠鏡とか星の写真とか絵画とか星形の何かとか、そういうものには全く興味がない。とにかく、ひとりで（これ重要）、肉眼で（これも重要）、夜空に輝く星を見上げるのが大好きなのである。大好きすぎて、「またか？」と言うくらい、今まで作詞した歌詞の中に「星」を多用してしまっている。ついつい星に頼って詞の世界観を構築してしまう癖すらある。

ちなみに私は決してロマンティストではないと思う。

生まれてから十五歳まで、新潟県の海辺の町で育った。海以外には誇れるものが何もないような町だが、幼い頃、晴れた夜空を眺めると、いつも星がぴかぴかと輝いていた。春は満開の桜の上に、夏は海の水《みず》鏡《かがみ》に映るくらいに、秋の夜長には大きな月と共に、雪の積もった冬の夜には街灯もいらないほどに明るく、星はいつもそこにあった。黒の夜空が、星の瞬きで群青色に変わる不思議な感じも大好きだった。

十五歳から東京の高校に進んだ私は、夜空に星が見えないことにまずは驚いた。そして、懸命に目を凝らして星を探すと、遠くに小さくて薄い星がぼんやりと見えて、妙に息苦しくなったりもした。その頃住んでいた池袋にはサンシャイン60があり、無数の窓明かりや、そのてっぺんで赤く点滅する光がすぐ近くにあった。小さなマンションの屋上からは新宿の高層ビル街の灯りが魅惑的に煌《きら》めいているのが見えた。

東京は星が降らない街だったから、そこでの生活に慣れるにつれ、星を探さなくなっていた。けれど、田舎に帰省するとそれを挽回するみたいに星を見上げた。

高校を卒業した私は、カリフォルニア州ロスアンジェルスの大学に進学した。たくさんの人が「カリフォルニア」と聞くと、「青い空」のイメージを抱いていると思う。しかし、ロスアンジェルスは完全なる車社会のため、排気ガスが大気中に充満していて、私が住んでいた地域は、青というより、どちらかというと白っぽい空なことが多かった。渡米する前に抱いていた「ロスアンジェルスは星がすごく綺麗に見えるに違いない」という期待は、留学してすぐに萎《しぼ》んでしまった。

ロスアンジェルスに住み始めてから数か月後、車の運転免許証を取得し(向こうはビックリするくらい短期間で簡単に免許が取れた)、いつの間にか趣味がドライヴになっていた。アメリカの大学は、入学するのはさほど難しくないが、卒業するのが大変とよく言われる。全くその通りなのである。入学してから一、二年は、明けても暮れても英語で書かれたテキストを読み、毎日勉強ばかりしていた。小さなアパートの部屋にため息が降り積もってるんじゃないか？ってくらい、リラックスできる時間なんてほとんどなかった。だから、テストが終わった週末なんかに、やたらと街中をドライヴして過ごすようになった。カーラジオを聴きながらあてどなく車を走らせること、それが私のささやかなストレス解消法だったのだと思う。

英語という外国語に慣れ、アメリカの大学での勉強方法のコツもわかり始めた頃、前ほどテキストや辞書と共に過ごす時間を必要としなくなった私は、遠出のドライヴを楽しむようになった。サンディエゴ、サンフランシスコ、国境を越えてメキシコ、とにかくいろんなところに何時間も車を走らせた。そして一番好きだったのが、ラスヴェガスへのドライヴだった。決してギャンブルをやりたいわけでも有名なショーを観に行きたかったわけでもなく、ただ途中の道のりが好きだったのだ。ロスからヴェガスへ行くには、砂漠の中のフリーウェイを何時間も延々と走らなくてはならない。そして、その砂漠の上に広がる夜空が言葉では表せないほどすごいのだ。星が、まさしく、降っているのである。新潟よりずっと広い空に、まるで地球を飛び出してしまったかのように、宇宙旅行をしているかのように、満天の星が瞬いていた。空が白んでくるまでずっと見ていたい、そんな星空だった。

生まれて初めて流れ星を見たのも、このドライヴの途中の砂漠の夜空でだった。スーッと流れる星を初めて見たとき、刹那《せつな》に驚いたあと泣きそうになったのをおぼえている。

ロスをふらりと飛び出し、ただ砂漠の夜を見上げ、ヴェガスに到着すると安いモーテルに泊まり、スロットマシーンを十ドル分ほどやり（ラスヴェガスの街中は、コンビニにもスーパーにもスロットマシーンが置いてある）、四ドルだか五ドルだかの激安朝食ビュッフェを満喫し、再び何時間も、今度は、気持ちいいくらい真っ青に澄み切った空の下の砂漠を抜けてロスアンジェルスへ戻る。そんな小旅行に夢中になっていた。昔からラスヴェガスはとてもきらびやかで刺激的な場所なのだから、もっと他のことをやればいいものを……。あくまでも私の目的は「星」だったのである。

そんな、今思うと、地味すぎるようなドライヴに夢中になっていた時期、私は大学で、必修科目の「スピーチ」のクラスを取っていた。文字通り、人前で何かを話すことを学ぶクラスである。他の、もっと難しい「ビジネス学」や「心理学」のクラスとは違い、そのスピーチのクラスはとても和やかなクラスだった。いろんなことを話すことと聞くことが主な授業内容だったから、自然と学生同士がとても仲良くなり、他の授業では考えられないのだが、週末にスピーチのクラスの学生が集まって、ホームパーティーを催したり、みんなで映画を観に行ったりした。

その学生の中にベロニカという名前の女の子がいた。

ベロニカは黒くて長い髪に、黒い瞳で、そして何故かいつも全身真っ黒な服ばかり着ていた。その風貌とは裏腹に、はきはきとした明るい性格で、クラスのムードメーカー的存在だった。スピーチのクラスで唯一の日本人学生だった私にもすごく優しく接してくれた。彼女の話す英語はとても発音がきれいで、今まで出会ってきたどんなイングリッシュスピーカーよりも聞き取りやすく、私はベロニカが好きだった。

ある週末、ベロニカと私を含むスピーチのクラスの学生六、七人くらいでセンチュリーシティに映画を観に行った。センチュリーシティーはロスアンジェルスの副都心で、高層ビルが立ち並ぶ、賑やかな街だ。映画を観終わり、みんなでぶらぶらと街を歩いているとき、ふとベロニカを見ると、彼女はとても真剣な顔で、射るような目をして夜空を眺めていた。

「何を見ているの？」

と聞いたら、彼女は笑いながら、

「Red stars を見ているの」

そう答えた。「赤い星？」と怪訝《けげん》に思い、私も空を仰《あお》ぐと、そこに星なんてなかった。けれどもいくつもの高層ビルの航空障害灯が光っていた。彼女は Red lights（赤い光）ではなく、Red stars（赤い星）と、小洒落た言い方をしたのだ。おそらく彼女はそのとき、何か悩みごとがあったか考えごとをしていた。けれど、不意に私に声をかけられて、咄嗟に「赤い星を見ている」とスマートにごまかしたのだと思う。

私は、今でも航空障害灯を見ると、ベロニカの気持ちのいい声や笑顔と共に、あのときの彼女の真剣なまなざしを思い出してしまう。二十年以上経ったというのに。

余談ではあるが、私は星が好きすぎて、大学の必修科目でもないのに「天文学」のクラスを取り、星のことを少々学んだ。その授業で、「航空障害灯」のことを英語では「aircraft warning lights」というのだと知り、改めて「赤い星」と言ったベロニカを粋だなあと思った。

三代目に書かせてもらった『Unfair World』の歌詞は、「映画『アンフェア the end』の主題歌の詞を書いてほしい」という依頼からできあがったものである。『アンフェア』は、篠原涼子《しのはらりょうこ》さん演じる、捜査一課で検挙率ナンバーワンを誇る女刑事・雪平夏見《ゆきひらなつみ》が主人公のシリーズもの。そこで、都会で必死に戦っている女性を見守る男性目線の詞を書かせてもらった。最初に曲を聴いたときに、なんとなく高層ビルと夜空がイメージとして浮かび、そこから、遠い昔のベロニカを思い出して、今までに一度も使ったことのない「航空障害灯」という言葉を絶対に歌詞の中に入れたいと思った。星の見えない虚しい夜空に光る航空障害灯を見て、せめてそれを赤い星だと思う、そんな殊勝《しゅしょう》な女性のことを書きたかった。そして、ちょっと強引に音符の中にその言葉を書き入れた。その部分は登坂広臣くんが歌ってくれたのだが、レコーディング途中に、

『レコーディング、どう？』

とメールしたら、

『この曲、めちゃくちゃ歌いづらいところがあります』

と返ってきた。

『もしかして、「ビルの上の航空障害灯が 点滅するだけなのに」のとこ？』

そう聞くと、

『まさしくそこです！』

『そこだけは歌詞を変えたくないんで、踏ん張って歌ってください

（笑）』

そんなやり取りがあった。

数日後、登坂が歌ったレコーディング音源のその部分を聴いたときに、苦戦したとは思えないくらいスムースに情熱的に歌い上げてくれていたので、一安心すると共に、登坂に感謝した。感謝ついでに夕飯を奢《おご》って、楽しい夏の夜を共にした。夕飯後、二人ともかなり酔いながらもタクシーで次の店に行ったのだが、車から見る都会の夏の夜空にはやっぱり星は見えなかった。けれど、航空障害灯はこれでもか!?ってくらい真っ赤に光っていた。それを見上げながら、

「ビルの上の航空障害灯が〜」

と、酔いに任せて私が歌うと、

「点滅するだけなのに〜」

と登坂が続きを口ずさみ、二人で大笑いした。

「星」にしても、「航空障害灯」にしても、自分の好きになったことや興味を持ったこと、そしてちょっとした思い出を、キーワードとして自分の作品の中に活かせるって、作詞家冥利《みょうり》につきる。好きこそものの上手なれ……、ずっといろんな物事や言葉に興味を持って、自分のアンテナで受信・送信を繰り返す、そんな作詞家でいたいと思う。

もう一度言うが、私は決してロマンティストではないと思う。

Special Message

デビューしてから今まで、気付けば家族のように守ってくれていた小竹さん。数えきれないことを教えて頂き、同時にかけがえのない思い出ができました。今の自分がいるのは小竹さんのお陰です。大好きな「小竹正人」さんの愛、優しさ、人生を是非感じて下さい。

—— 今市隆二

出逢った頃から、何故か僕は勝手に小竹さんに親近感を感じていました。だから心の内を素直に話せる人。小竹さんが描く言葉に心を打たれ「この人の書いた歌詞を絶対に歌いたい」いつもそう強く感じさせてくれます。この本を読んで、改めて僕は、人としても作詞家としても「小竹正人」さんが好きだと思いました。

—— 登坂広臣

STAFF	Art Direction & Design	松山裕一 (UDM)
	Artist Management	関佳裕 飛弾美帆 平井遼 (LDH Inc.)
	Editor	舘野晴彦 谷内田美香 宮寺拓馬 (幻冬舎)
カバー写真提供	Photography	奥口 睦(辻事務所) SHIRO KATAGIRI (TROLLEY) HIRO KIMURA (W) TAKAKI_KUMADA HIROHISA NAKANO Mika Ninagawa (Lucky Star) Hiroshi Manaka Taka Mayumi (SEPT) Muga Miyahara (MMF)
	Art Direction	秋山具義(Dairy Fresh) Enlightenment 尾沢早飛(corneadesign) 手島領(螢光 TOKYO) 中代拓也(BUCCI) NIGO® MOTOKI MIZOGUCHI (mo' design inc.) 吉田ユニ
	Design	中野健太(Dairy Fresh)
カバー資料提供		エイベックス・ミュージック・クリエイティヴ SMEレコーズ キングレコード JVCケンウッド・ビクターエンタテインメント ソニー・ミュージック アソシエイテッドレコーズ 徳間ジャパンコミュニケーションズ

この作品は書き下ろしです。

ＪＡＳＲＡＣ 出 １７０２８００-７０３
第ＰＢ３９３７３号

幻冬舎文庫

●好評既刊
Bボーイサラリーマン
EXILE HIRO

「俺はまだ死んだわけじゃない。絶対ぇもう一度、武道館のステージに立ってやる」。二〇〇一年八月二四日、EXILEはこうして誕生した!! グループ創成期の全てを綴った自伝的傑作エッセイ。

●好評既刊
ビビリ
EXILE HIRO

「要は、やるかやらないか」。夢を現実にするために、心配性でビビリな性格だからこそ、細心の配慮で誰よりも大胆に生きる! 経営者としてのリーダー論も満載の、今、いちばんリアルな人生哲学。

●好評既刊
天音。
EXILE ATSUSHI

僕は誰とも違わない。どこにでもいる、ただの男だ。いつか幸せに巡り合えることを祈りながら、バカな失敗を繰り返しながら人生を歩いてきた——。秘めた思いのすべてを綴った感動の半生記!

●好評既刊
砂の塔～知りすぎた隣人(上)(下)
池田奈津子・脚本
蒔田陽平・ノベライズ

憧れのタワマンに引っ越したが、セレブ妻たちの奇妙なルールや謎の隣人に疲弊する亜紀。一方、世間を騒がす連続失踪事件が勃発。失踪現場にはなぜか一輪の花。その不気味な符号の真相とは!?

●好評既刊
あたっくNo.1
樫田正剛

1941年、行き先も目的も知らされないまま、家族に別れも告げられず、11人の男たちは潜水艦に乗艦した。著者の伯父の日記を元に、明日をも知れぬ戦時の男達の真実の姿を描いた感涙の物語。

幻冬舎文庫

●好評既刊
もしもパワハラ上司がドラゴンにさらわれたら
蒼月海里

パワハラ上司がドラゴンにさらわれ、人間のストレスが生み出す魔物で新宿駅はダンジョン化!? 毒舌イケメン剣士ニコライとブラック企業のヘタリーマン浩一は、上司を無事に連れ戻せるのか?

●好評既刊
女の子は、明日も。
飛鳥井千砂

略奪婚をした専業主婦の満里子、女性誌編集者の悠希、不妊治療を始めた仁美、人気翻訳家の理央。女性同士の痛すぎる友情と葛藤、そしてその先をリアルに描く衝撃作。

●好評既刊
骨を彩《いろど》る
彩瀬まる

十年前に妻を失うも、心揺れる女性に出会った津村。しかし妻を忘れる罪悪感で一歩を踏み出せない。わからない、取り戻せない、もういない。心に「ない」を抱える人々を鮮烈に描く代表作。

●好評既刊
みんな、ひとりぼっちじゃないんだよ
宇佐美百合子

だれかになぐさめてほしいとき、自分が変わりたいと思ったとき、この本を開いてみてください。あなたを元気づける言葉が、きっと見つかります。心が軽やかになる名言満載のショートエッセイ集。

●好評既刊
犬とペンギンと私
小川 糸

インド、フランス、ドイツ……。今年もたくさん旅したけれど、やっぱり我が家が一番! 家族の待つ家で、パンを焼いたり、ジャムを煮たり。毎日をご機嫌に暮らすヒントがいっぱいの日記エッセイ。

幻冬舎文庫

●好評既刊
すもうガールズ
鹿目けい子

「努力なんて意味がない」と何事にも無気力な女子高生の遥。部員たった二人の相撲部に所属する幼馴染に再会し、一度だけの約束で団体戦に参加するはめになり。汗と涙とキズだらけの青春小説。

●好評既刊
へたれ探偵 観察日記
たちあがれ、大仏
相本孝思

「奈良の大仏を立って歩かせて欲しい」「大阪通天閣の象徴・ビリケン像の暗号を解いて欲しい」。こんな難題を解決できるか？ へたれ探偵&ドS美人心理士が珍事件に挑む！ シリーズ第二弾。

●好評既刊
いろは匂へど
瀧羽麻子

奥手な30代女子が、年上の草木染め職人に恋をした。奔放なのに強引なことをしない彼が、初めて唇を寄せてきた夜。翌日の、いつもと変わらぬ笑顔……。京都の街は、ほろ苦く、時々甘い。

●好評既刊
離婚して、インド
とまこ

「そろそろ離婚しよっか」。旦那から切り出された突然の別れ。心の中ぐっちゃんぐっちゃんのまま、バックパックを担いで旅に出た。向かった先は混沌の国インド。共感必至の女一人旅エッセイ。

●好評既刊
愛を振り込む
蛭田亜紗子

他人のものばかりがほしくなる不倫女、夢に破れた元デザイナー、人との距離が測れず、恋に人生に臆病になった女——。現状に焦りやもどかしさを抱える6人の女性を艶めかしく描いた恋愛小説。

幻冬舎文庫

●好評既刊
女の数だけ武器がある。
たたかえ！　ブス魂
ペヤンヌマキ

ブス、地味、存在感がない、女が怖いetc.……。コンプレックスだらけの自分を救ってくれたのは、アダルトビデオの世界だった。弱点は武器でもあるのだ。女性AV監督のコンプレックス克服記。

●好評既刊
露西亜の時間旅行者
クラーク巴里探偵録2
三木笙子

弟を喪った晴彦は、料理の腕を買われパリ巡業中の曲芸一座の名番頭・孝介の下で再び働き始めた。頭脳明晰だが無愛想な孝介をひたむきに支え、贔屓筋から頼まれた難事件の解決に乗り出す。

●好評既刊
白蝶花
宮木あや子

福岡に奉公に出た千恵子。出会った令嬢の和江は、愛に飢えた日々を送っていた。孤独の中、友情とも恋とも違う感情で繋がる二人だったが……。時代と男に翻弄されなお咲き続ける女たちの愛の物語。

●好評既刊
さみしくなったら名前を呼んで
山内マリコ

年上男に翻弄される女子高生、田舎に帰省して親友と再会した女――。「何者でもない」ことに懊悩しながらも「何者にもなれる」とひたむきにあがき続ける12人の女性を瑞々しく描いた、短編集。

●好評既刊
すばらしい日々
よしもとばなな

父の脚をさすれば一瞬温かくなった感触、ぼけた母が最後まで孫と話したがったこと。老いや死に向かう流れの中にも笑顔と喜びがあった。父母との最後を過ごした〝すばらしい日々〟が胸に迫る。

あの日《ひ》、あの曲《きょく》、あの人《ひと》は

小竹正人《おだけまさと》

平成29年3月30日　初版発行
平成29年4月10日　3版発行

発行人――石原正康
編集人――袖山満一子
発行所――株式会社幻冬舎
〒151-0051東京都渋谷区千駄ヶ谷4-9-7
電話　03(5411)6222(営業)
03(5411)6211(編集)
振替00120-8-767643
印刷・製本―株式会社 光邦
装丁者――高橋雅之

幻冬舎文庫

ISBN978-4-344-42584-2　C0195　お-50-1

幻冬舎ホームページアドレス　http://www.gentosha.co.jp/
この本に関するご意見・ご感想をメールでお寄せいただく場合は、
comment@gentosha.co.jpまで。